"아이를 키우고 있는 이 세상 모든 부모들의 육아는 닮아있다"

조금 천천히 커줄래

드로잉오뉴 지음

"아이를 키우고 있는 이 세상 모든 부모들의 육아는 닮아있다"

드로잉오뉴 지음

프롤로그

<육아는 늘 새롭다>

육아 초보티를 벗어난 것 같다고 생각했지만 나는 여전히 육아 초보인 것 같다. 그렇게 생각한 이유는 아이는 개월 수마다 다른 모습을 보여주고 있으며 아이의 성장은 늘 새롭다. 이 새로움은 기특하기도 하지만 놀랍기도 하고 때론 힘들기도 하다.

처음 출간하였던 책 <그럼에도, 오늘도 육아!>에서는 우리 아이가 30개월까지 성장의 이야기를 담고 있었다. 두 번째 출간한 이 책은 이후부터 48개월까지의 이야기를 담고 있다. 신생아부터 30개월이면 어느 정도 육아는 단어의 의미를 충분히 채울 만큼의 기간이라고 생각했지만 그건 나의 착각이었다. 오히려 아이가 말을 하기 시작하고 대화가 가능할 때부터 새로운 이야기가 펼쳐졌다.

<육아, 현실과 그 이상>

개월 수마다 육아의 이상을 찾는 나 자신을 발견한다. 하지만 육아는 언제나 현실이다. 무엇 하나 쉽지 않고 무엇 하나 예상대로 흘러가지 않는 것이 육아다. 그럴 것이 우리는 인격체가 분명히 존재한 사람을 양육하고 있다. 독립된 인격체로서 하루가 다르게 변화하고 성장하고 있다. 그 성장 과정에 부모가 함께하고 있기 때문에 어려운 것이라고 생각한다. 그래도 내가 생각한 이상보다 더 큰 행복이 있다. 아이는 우리에게 생각한 것보다 더 큰 사랑을 안겨준다.

아이는 오히려 사랑하는 방법을 부모에게 가르쳐 준다. 아이 덕분에 사랑 표현에 서툴던 난 사랑을 표현하는 방법과 주는 방법을 알게 되었다. 여전히 육아는 힘들지만 아이가 태어난 후 난 여전히 행복하다.

<조금만 천천히>

아이가 성장하는 모습을 지켜보는 것은 부모의 기쁨이라고 느끼고 있다. 아이를 키우면서 기여하는 부모의 수고와 노력에 답해주는 것 같고 개월 수에 맞게끔 잘 성장해 주어서 안도하는 감정이 든다.

48개월 기준으로 3.45kg이었던 몸무게는 17kg이 되었고, 52cm이었던 키는 103cm 가 되었다. 나의 손가락 두 마디밖에 안되던 손과 발이 지금은 나의 손바닥 절반을 넘어섰다. 걷다가도 넘어지기를 반복하던 아이는 이제 힘차게 뛰어다니고 킥보드와 자전거 타는 것을 좋아한다. 옹알이하던 아이는 이제 발음도 명확해지고 있으며 숫자 100까지 세고 한글도 영어도 알아가는 아이로 성장했다.

우리 부부는 우리 온유가 이렇게 잘 성장해 주고 있어서 얼마나 감사한 줄 모른다. 그런데 이상하게도 아이의 성장이 너무 빠른 것 같고 아쉽게 느껴질 때가 많다. 아기 냄새가 가득해서 내 품에 안겨 있던 때가 그립고 외계어처럼 옹알이하던 모습이 아른거린다. 또 오리처럼 뒤뚱뒤뚱 걷고 뛰던 모습, 어설프게 숟가락 질도 하고 맛있다고 손뼉 치던 모습, 처음 킥보드를 타고 공원을 달리던 모습, 종이에 엄마 아빠를 감자처럼 그리던 모습 등 지나간 아이의 모습이 가끔 그립다.

평소 말로는 빨리 커서 육아가 편해졌으면 좋겠다고 말해왔지만 부모는 아이의 성장 속도를 따라잡을 만큼 마음의 준비가 안 돼있는 것 같다. 그래서 마음속으로 생각한다.

"조금 천천히 커줄래?"

차례

chapter 1. 부모가 되어간다

chapter 2. 육아는 현실이다

chapter 3.

상전을 모시다

chapter 4.

우리는 육아 동지

chapter 5.

위로를 전하다

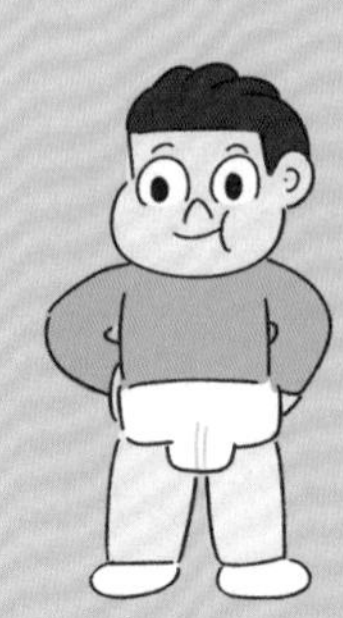

chapter 6.
너에게 하고 싶은 말

chapter 7.
온유가 말하다

chapter 8.
드로잉오뉴의 육아팁

chapter 9.
육아엔 무쓸모 전공

chapter 1.

부모가 되어간다

출산의 기억

출산 과정과 이후가 순탄치 않았기에
첫 번째 책 <그럼에도, 오늘도 육아>에는
출산에 대한 이야기를 넣지 않았다.
첫 육아 일기를 백일 이후가 돼서야
시작한 것도 그 때문이다.

아내는 19시간의 진통을 겪었고,
출산 당시 마지막 초음파 검진 때 아이 몸무게는
예상 몸무게보다 0.3kg 더 나갔었다.

아이가 세상 밖으로 나올 때
엄마가 소리를 크게 지르면 놀랄 수 있다고 하여
아내는 어마어마한 고통을 속으로 삭이며
소리 한 번 내지 않고 온유를 낳았다.

그렇게 힘들게 낳았는데 아이의 황달 수치가 높아서
바로 광선 치료를 받아야 했고,

엎친 데 덮친 격으로 조리원 내에 RSV 전염이 돌게 되어
조리원에서 하루도 편하게 있지 못하고 집으로 온유를 데리고 가야 했다.
하지만 며칠 후 온유도 결국 RSV에 확진되어
대학병원 NICU(신생아 중환자실)에서 2주간 집중 치료를 받아야 했다.

즐겁고 행복한 기억이 아니었기에
지금껏 이야기를 다루지 않았지만
4년이 지난 지금
나의 기억만으로 이야기를 담아보았다.

남편이 기억하는 그날의 기억

때는 드라마 "스카이캐슬"이 인기리에 방영 중이었던 겨울이었다

어머님! 전적으로 저를 믿으셔야 합니다!
@드로잉오뉴

우리 부부는 유도분만 날짜에 맞춰서 산부인과에 도착했다

믿기지 않네.. 오늘 내가 아기를 낳는다니..
휴.. 긴장된다 드라마에 나오는 한 장면같아!
산부인과
@드로잉오뉴

오뉴맘은 평소 욕이라곤 모르는 사람인데.. 이 날은 달랐다..

진통이 극에 달했을 때는 욕과 함께 무통을 외쳤다
진통이 너무.. 아파..
무..통..
ㅅㅂ! 너무
아파 무통!!!
하..하..
자기야
괜찮아? 그냥
제왕 하자!
무..무통
달라고해!!
알았어!
무통
빨리!
무~~통!
@드로잉오뉴

산모님 이제
분만실로 이동하실
게요~!!
아내는 19시간 진통을
겪고 출산을 하게 되었다
남편분은
잠시 나가계세요!
자기야!
걱정하지마!
아무 일 없이 잘 낳을
꺼야!
@드로잉오뉴

밖에서 초조해하며 온갖 생각과 상상을 하고 있는데...
얼마 후 간호사분이 나를 호출하셨다
불안
이런 생각
저런 생각
걱정
혹시 무슨 일이
생기는 거 아니겠지?
그러면 어떻게
하지!?
탯줄
자르는 거 어렵
지 않을까.. 휴..
긴장돼
분만실
드르륵
ㅇㅇ 산모님 배우자
분 들어오세요!
아기 곧 나올거에요
덜
덜
덜
덜
덜
@드로잉오뉴

황급히 분만실로 뛰어 들어갔는데...
헉
자기야
헉
헉
@드로잉오뉴

분위기가 내가 생각했던 것과는 많이 달랐다...
엥?
뭐지...
내가 생각했던거랑
많이 다른데...
원래
이런건가...
@드로잉오뉴

사실 내가 상상했던 출산 장면은 이랬었고
아..악..머리 다 뽑히겠어!
살려주세요 끼아아악
후두두
꽉
신발!!
그래! 날 붙잡고 힘!!
죽겠다! 너 이리 와!
마음의 준비가 되어 있었는데
@드로잉오뉴

이렇게... 자연분만이 조용할 수가 없는데... 아내 목소리도 안들리고
혹시 뭔가 잘못된 거라면.. 뭘 어떻게 해야지?
조~~
~~용
그 잠깐의 시간 동안 수많은 생각이 들었다.
@드로잉오뉴

너무 조용했다... 이상하리 만큼...
아내의 짧고 작은 외마디 들릴 뿐
한 번 더 힘! 네~ 잘하고 있어요 이제 곧 나와요
네 준비되었습니다
준비해주세요
읍!...
왜 이렇게 조용한 거지? 무슨 일이 일어난 게 아닌가? 내가 생각한 거랑은 많이 다른데..
@드로잉오뉴

그런데 잠시 후 우렁찬 울음 소리와 함께 오뉴가 세상 밖으로 나왔다!
축하드립니다 아버님 오셔서 탯줄 자르세요!
산모님 너무 고생하셨어요
응애!
응애
탯줄
엉엉...
탯줄을 자르려는데 매우 신성하게 느껴져 두손으로 했다
탯줄이 생각보다 질겼고 잘 잘리지 않네...
신기해..
@드로잉오뉴

그리고 나서 아내에게 아기를 안겨주었는데
아내는 반쯤 혼이 나가 있었다..

뭐였지... 우리 아기 이름이..
어머니 아기 이름을 불러주세요
자기야 기쁨이잖아!
손가락 발가락 10개씩 다 잘있어!

지난 몇번의 작은 수술에도 소리 안 내고 참고 받았었는데
알고보니 출산의고통도 이 악물고서 소리 안지르고 참은 것이다

호흡 하시고요

조금 정신을 차린 아내는 아기를 보고 이런 생각이 들었다고 했다

어랏... 내가 알던 아기가 아닌데?
얼굴이 빨개.. 원래 그런건가...? 그리고 머리는 왜.. 꼬깔콘이지?
예쁜건가?
응애
응애
@드로잉오뉴
우리는 처음부터 아기를 제대로 안아보지도 못했었다....
아기 낳느라고 고생하셨습니다. 그런데... 황달수치가 높습니다
네?! 선생님 우리 기쁨이 괜찮은 거죠? 그렇죠!?
그리고 머리가 꼬깔콘인데 돌아오는거죠?
그리고 아기가 나왔는데 왜 배가 그대로죠!?
맞아요!
그건 원래 그렇습니다만
@드로잉오뉴

세상 밖으로 나오자마자 우리 아이는 엄마 아빠 품에
제대로 안겨 보지 못하고 홀로 광선 치료를 받아야 했다

작은 네모칸 안의 아기가 안쓰럽고 외로워 보였다

@드로잉오뉴

신생아 에게 흔하게 발생한다지만.. 그때 당시에는
산후 조리원 생활을 전혀 즐길수 없을 만큼 슬펐고 눈물만 흘렸다

출산이 처음이었고, 부모가 처음이었기에...

@드로잉오뉴

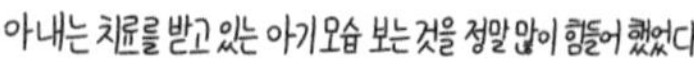
아내는 치료를 받고 있는 아기모습 보는 것을 정말 많이 힘들어 했었다

다행히도 3일후 많이 호전되어 우리의품으로 돌아올 수 있었다

이후 우리는 산후조리원 생활에 적응해가고 있었다..

@드로잉오뉴

하지만....

@드로잉오뉴

하지만 우리는 며칠 후 강제 퇴소를 해야만 했다...
마사지 예약도 해놨는데...
내가.. 강제 퇴소 라니...
어머님... 죄송하지만 퇴소 해주셔야 겠습니다
네!? 퇴소라니요 왜요?
@드로잉오뉴

2/10
그게...조리원 내 RSV 감염이 확인되서 전체 검사를 받고 모두 퇴소를 해야합니다.... 죄송합니다...
검사받으시고 음성이시면 우선 자택으로 가시면 됩니다
@드로잉오뉴

어쩔 수 없이 우리 아기를 데리고 집으로 돌아와야만 했다

휴.. 당장은 음성이라서 집에 오긴했는데 양성으로 바뀔지 모르니 계속 긴장하고 있어야겠네..

그러니까.. 조리원이 천국이라더니..이게.... 무슨일이야

@드로잉오뉴

그런데 며칠 후 콧물과 기침 증상이 심해졌다
예감이 좋지 않았고 아기가 어떻게 될까봐 두려웠다...

어떻게 하지!? 소아과로 가야하나?
아무래도 RSV 같은데!?
켁
콜록 콜록
켁
콜록 콜록
콧물 때문에 숨쉬는 것도 힘들어 보여..
@드로잉오뉴

더이상 지켜볼 수 없어 대학병원 응급실로 달려갔다

헉 헉 헉 헉

소아응급구역 소아응급

@드로잉오뉴

결과는 RSV 양성이었고 신생아중환자실에서 입원치료를 받아야 했다

RSV가 맞습니다. 니큐에서 치료를 받아야 합니다
폐소리가 조금 안 좋고 염증이..
네!?
흑흑
얼마나 치료를 받아야 하나요?
더 악화되지 않겠죠?
NICU

@드로잉오뉴

다시 아기와 떨어져야 했다.....

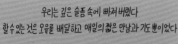

우리는 깊은 슬픔 속에 빠져 버렸다

할 수 있는 것은 모유를 배달하고 매일의 짧은 만남과 기도 뿐이었다

아가 빨리
엄마 곁으로 와줘.

@드로잉오뉴

우리의 시간은 잠시 멈춘듯 했다....
아무것도 손에 잡히지 않았다
하루가 일년처럼 느껴졌다
괜찮을거야...
기쁨아
집에 가자..
@드로잉오뉴

2주 후 우리 아기는 집으로 돌아올 수 있었다

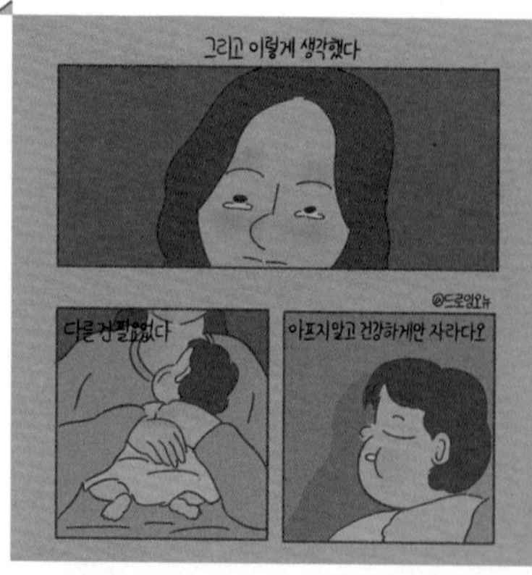

잊지 말아야 한다

오랜 연애와 결혼 후 아이를 낳을 때까지
약 15년간 아내와 함께하면서
가장 고마웠던 순간이 출산할 때였다.

아내의 출산일이 다가올 때
출산에 관한 여러 가지 정보를 찾아보니
출산은 내가 생각했던 것보다 굉장히 힘들고
목숨까지 위험할 수도 있는 상황이 올 수 있다는 것을 알게 되었다.
아무리 의학이 발전했다 해도
엄마가 건강하게 아기를 출산하는 과정은
어렵고 신비로우며 위대한 것이라고 느꼈다.

출산 당일 난 내 인생 최고로 힘든 기다림을 경험했다.
자연분만을 선택한 아내가 진통으로 극심한 고통을 느끼고 있을 때
아무 도움도 주지 못한 채 가만히 보고 있기가 어려웠다.

출산이 임박했을 때는 머릿속이 굉장히 복잡해졌다.
별의별 생각이 떠올랐고 극도로 긴장했었다.
그 순간은 태어날 아기보다는 아내를 훨씬 더 많이 걱정했다.
출산 후 아내의 모습은 매일 부르던 아이 태명도 잊을 만큼
넋이 나가 있었다.

얼마나 힘들었을지,
얼마나 아팠을지 생각하니 눈물이 났고
목숨 걸고 우리 아이를 낳아준 아내에게 고마웠다.
고마웠던 이 순간을 절대 잊지 않을 것이다.

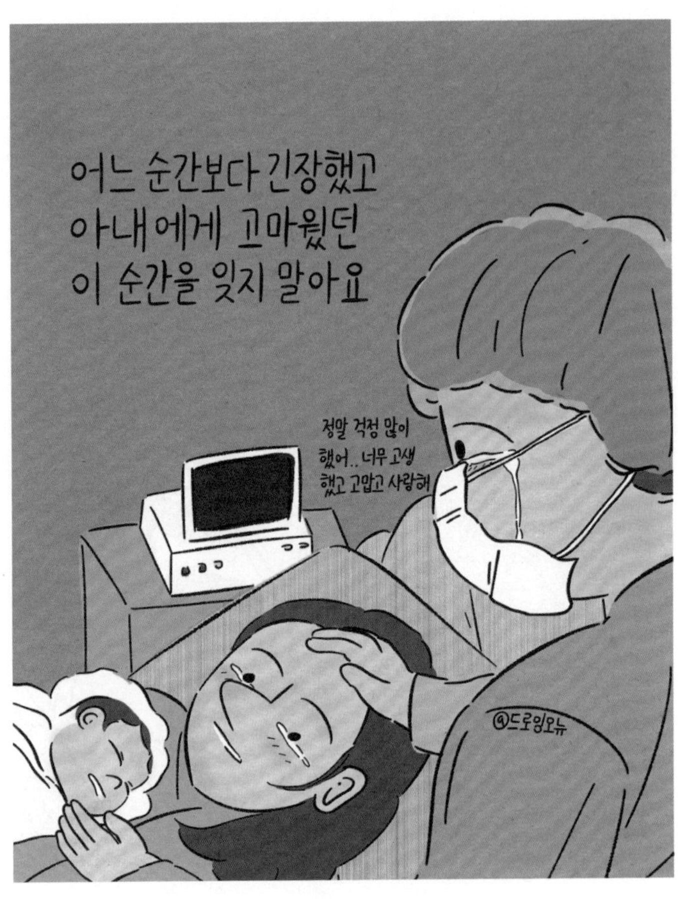
어느 순간보다 긴장했고
아내에게 고마웠던
이 순간을 잊지 말아요
정말 걱정 많이
했어.. 너무 고생
했고 고맙고 사랑해
ⓒ드로잉오뉴

아름답고 행복하며 위대한
내 인생 최고의 드라마 같은 순간
@드로잉오뉴

짧은 순간

아이를 품에 가장 많이 안고 있는 순간은
신생아 때이지 않을까 싶다.

온유는 등 센서가 아주 예민하게 작동하였던 아기였다.
그래서 항상 안아서 재웠는데
당시에는 수면 부족에 시달려 빨리 지나가길 바랐다.

그러나 돌이켜 보니 그 순간은 정말 짧은 기간이었다.
말 한마디도 못 하는 아기와
눈빛과 체온으로만 소통하는 시기였고
체중은 가장 가벼웠지만
생명의 무게감은 가장 무거웠었다.

정말 짧고 다시 돌아갈 수도 없는 소중한 순간이다.

지나보면 짧은 순간 그래서 더 소중한 시간
ⓒ드로잉오뉴

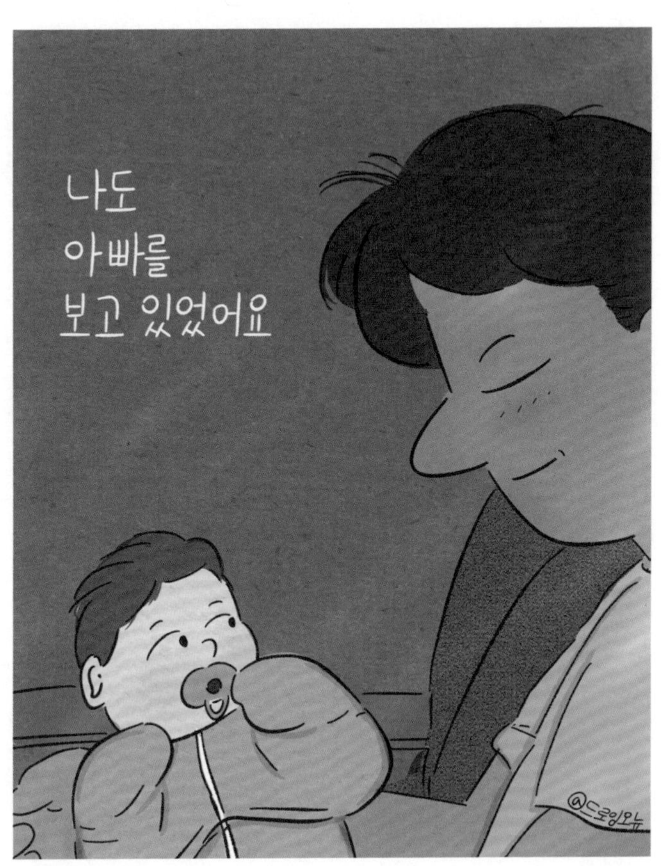
나도
아빠를
보고 있었어요
@드로잉오뉴

감정

아이는 부모의 감정을 그대로 읽는다는 것을 알게 되었다.

부모의 얼굴에 근심이 보이면 아이는 우리의 근심을 읽는다.
부모의 마음에 슬픔이 느껴지면 아이는 우리의 슬픔을 읽는다.
부모의 말에 화가 담겨있으면 아이는 화를 읽고 불안감을 가진다.

그래서 아이가 행복한 우리의 감정을 읽을 수 있도록
조금 더 단단해지고 서로를 더 사랑하려고 노력하고 있다.

이따금씩 내 마음 한구석의 근심이 얼굴에 비치면...

아이는 내 근심을 금방 느낀다

우리가 조금이라도 언성을 높이면...

생각보다 아이는 더 큰 불안감을 느낀다

엄마 아빠의 기분이 좋은 것 같으면
아이 역시 기분이 좋다

아이는 부모의 감정을 그대로 읽는다

네가 불안해하지 않고 행복한 감정만 읽을 수 있도록

조금 더 단단해지고 너를 더욱 사랑할게
엄마는 너를 세상에서 가장 사랑한단다
아빠도 너를 세상에서 가장 사랑한단다

그리고 엄마 아빠도 서로를 더욱 사랑할게.

아이와 일상

아내와 나는 연애 기간이 길어 많은 추억을 공유하고 있다.
함께 갔었던 장소,
함께 먹었던 음식,
함께 보고 느꼈던 행복한 기억을 가지고 있다.
사실 어떻게 보면 그렇게 특별한 것들도 아닌 것들인데,
사랑하는 사람과 함께 했던 것들이어서
행복하게 느껴진다.

우리 아이와의 일상도 마찬가지였다.
매일 쳇바퀴처럼 힘들고
바쁘게 돌아가는 일상이라고 생각하기도 했는데
시간이 지나고 보면 소중한 일상들이다.

우리 아이가 1살일 때 함께 갔었던 음식점,
2살일 때 함께 갔었던 공원,
3살일 때 함께 봤던 미술 전시,
4살 때 함께 갔었던 여행,

다시는 돌아오지 않을 우리 아이의 모습이기에
정말 소중한 일상이고 추억이다.

5살인 지금 2살에 갔었던 공원을 다시 간다고 해도
2살에 갔었던 공원과 다른 느낌이고 다른 기억이다.
그렇기 때문에 별거 없는 아이의 일상은 지나고 보면
소중한 시간으로 느껴진다.

별거 없는 아이와의 일상,
지나고 보면 소중한 시간들.
@드로잉오뉴

친구 같은 아빠

나는 외아들이었기에,
어린 시절 조금 외로운 시절을 보냈었다.
부모님은 결혼 후 작은 치킨 가게를 운영하셨고,
나를 낳아 가게에 딸린 작은방에서
내가 유치원을 다닐 때까지 키우셨다.

초등학교에 다닐 때쯤에는 아버지께선 직장을 다니셨는데
퇴근 후에는 어머니가 운영하시는 치킨 가게에 가셔서
밤늦게나 돌아오셨다.
그럼 나는 학교에서 집으로 돌아와
혼자서 어머니가 준비해 주신 밥을 먹고
집에서 부모님을 기다리거나
퇴근 후 돌아온 아버지와 함께 가게에서 놀거나
숙제를 했었다.

자식은 나뿐이었지만
바쁘게 살아가시는 여느 부모님과 같았기에
평소 나와 놀아줄 시간이 늘 부족하였고
방법도 잘 모르셨던 것 같다.

이런 어린 시절을 보낸 내가 지금까지 기억하는 것은
아버지와 함께 했었던 기억들이다.
아버지와 했던 축구,
아버지와 만들었던 만들기 과제,
아버지에게 배웠던 자전거,
아버지와 함께 만들어 날렸던 연,
아버지와 함께 했던 여행이다.

지금 나 역시 한 아이의 아빠가 되었다.
아마도 아내와 내 생각이 크게 달라지지 않는다면
둘째 계획은 없을 것이며
우리 아이도 외아들로 성장할 것이다.

또한 내가 외아들로 지내오면서
어떤 점이 부족한지 알고 있기 때문에
그 부족함을 느끼지 않게 하는 아빠가 되어주고 싶다.

앞으로 많은 시간을 함께 보내고,
많은 것을 경험하게 해주고 싶다.
또 아이가 좋아하는 것이 게임이든 스포츠든 생긴다면,
그것이 내가 평소 알지 못하고 관심이 없던 것이라도
함께 할 수 있도록 관심을 가지고 잘하려고 연습할 것이다.

그렇게 평생 우리 아이에게 친구 같은 아빠가 되어주고 싶다.

친구 같은 아빠가 되어줄게.

가장

아빠가 되었다.
정말 기뻤지만 내 어깨는 더욱 무거워졌다.
더 좋은 말이 무엇이 있을까 생각해 보았지만
가장으로서 "책임감" 커졌다는 것이 정확한 내 마음의 표현이었다.
아내와 또 한 명의 사람을 내가 책임지고 지켜야 하니
"이것이 가장의 무게구나"라는 생각이 절로 들었다.

동시에 우리 아이를 보고 있으면
가족을 위해 더 열심히 살아야겠다고,
더 단단해져야 한다고 스스로에게 말했다.
그리고 깨달았다.
아이는 내 삶의 원동력이고
내가 사랑하고
나를 사랑해 주는 한 사람이 더 생긴 것이다.

가장의 무게는 여전히 무겁지만 그 이상의 행복이 나에게 왔다.
난 이 세상에서 가장 행복한 아빠가 되었다.

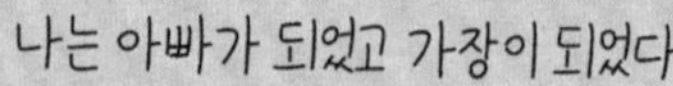
나는 아빠가 되었고 가장이 되었다

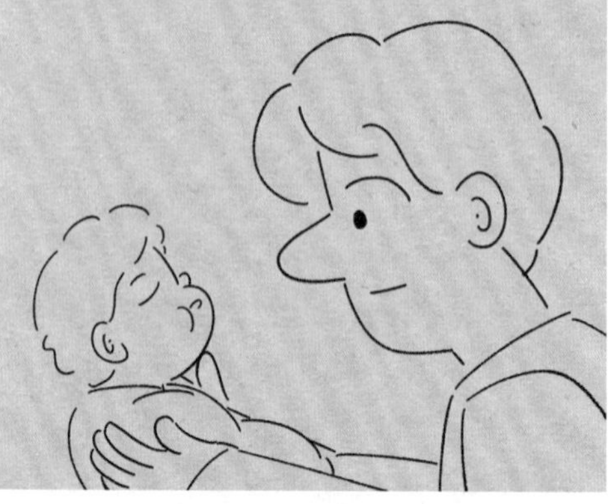

가장 설렜고 기쁨과 동시에

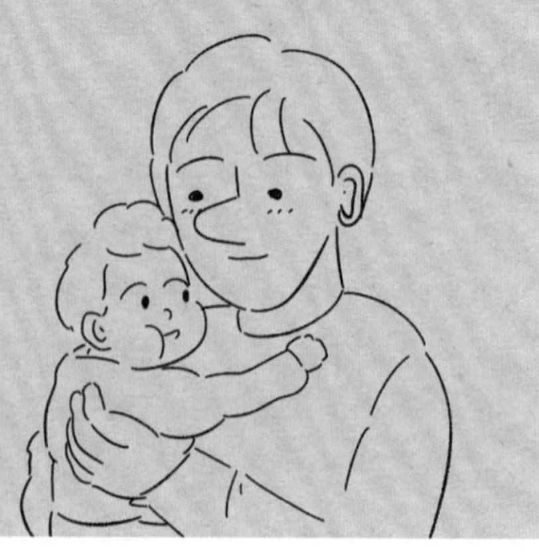

가장으로서 지켜야 할 가족이 있어

가장 큰 책임감이
무겁게 느껴지기도
했다.

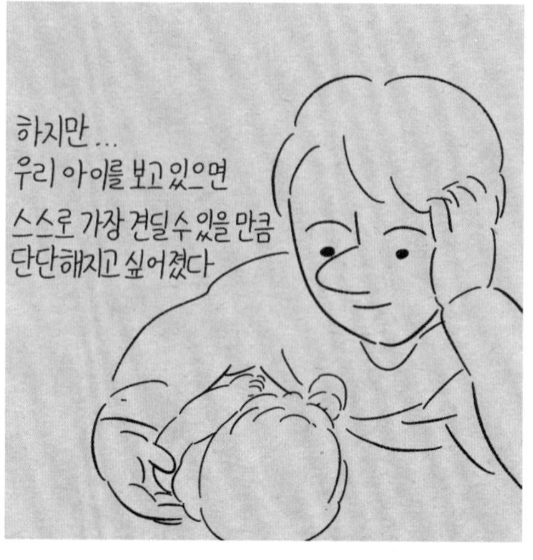
하지만...
우리 아이를 보고 있으면
스스로 가장 견딜 수 있을 만큼
단단해지고 싶어졌다

그리고 나를 가장 사랑해 주는
한 사람이 더 생겼다

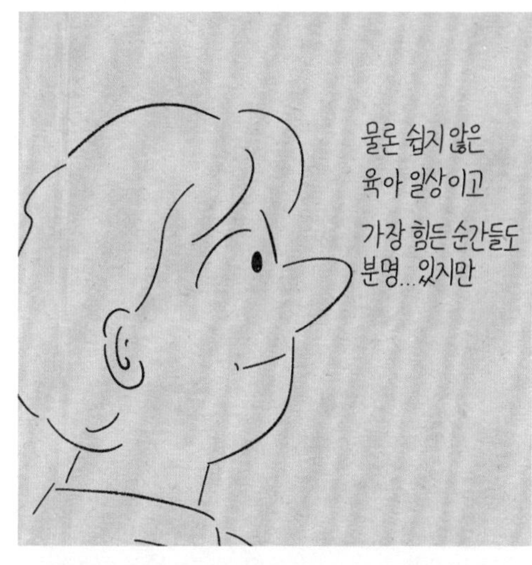
물론 쉽지 않은
육아 일상이고
가장 힘든 순간들도
분명... 있지만

나는 이 세상에서 가장 행복한
아빠가 되었다
ⓐ드로잉오뉴

새해

새해가 되면 우리 아이가 태어난 날이
가장 먼저 떠오른다.

영원히 잊히지 않을 것 같던 우리의 아이의 성장기는
이제 사진과 영상을 들여다보지 않으면
기억이 안 나는 것들이 많지만
태어난 날은 아직도 기억이 생생하다.

우리 아이는 매일 하루가 다르게 성장하고 있다.
아이가 나이를 먹어 성인이 될 때쯤
우리는 50대 중반이 되어있을 것이다.
아직 많은 시간이 남아있지만
왠지 시간이 순식간에 지나갈 것 같은 느낌이다.

아이를 낳고 키우다 보니 우리의 인생이 더 짧게 느껴지지만,
이 짧은 인생을 아이와 추억으로 가득 채울 것이다.

새해가 되면 1월생인 우리 아이가 태어난 그 때가
생각이 난다
응애~
응애~

이제는 사진을 보지않으면 작년, 재 작년의 모습이 어땠는 지
기억이 가물가물하다

새해가 되었다고 특별히 크게 바뀌는 것이 없다고 생각했는데
우리 아이는 지난 1년간 여러 의미로 성장했다

아이가 나이를 먹는다는 것은
부모도 나이를 먹는다는 것이다

우리 아이가 성인이 될때쯤 우리의 나이를
세어보면 인생이 짧게만 느껴진다
유치원 졸업
초등학교 졸업
중학교 졸업
고등학교 졸업
이제
어른이라고~
그래~
차 조심하고..
지금
공항에
도착했어요
걱정
마세요!

이 짧은 인생은 우리 아이로 가득차 있을 것이다
생일축하해~
사랑해~
울 애기~
생일 축하해
사랑해
@드로잉오뉴

사랑을 배우다

나의 부모님은 표현에 매우 서투른 편이었다.
내가 기억하지 못하는 것일 수도 있지만
부모님으로부터 "사랑한다"라는 말을 들어본 적이 없다.
그렇다고 나를 사랑하지 않은 것은 아니었지만
말로 표현해주시지 않으셨던 것 같다.
그러한 부모님 밑에 자란 나 역시
사랑 표현을 하기가 왠지 쑥스러웠다.
부모님 생신 때나 어버이날에 카드에 편지를 쓰면서
마지막에 "사랑합니다"라고 썼던 것이
내가 했던 최고의 사랑 표현이었다.

아내와 연애 시절에도 말로 표현하는 사랑보다
글로 적는 사랑 표현을 더 많이 하였다(아내 역시 비슷하였다).
그런데 지금 나와 아내는
아이 덕분에 사랑 표현을 정말 잘하는 사람이 되었다.

아이는 자신의 감정을 솔직하고 즉각적으로 표현한다.

하루에 몇 번이나

"사랑해요", "고마워요"라고 말해준다.

아이의 사랑에 답하여

우리는 몇 배 더 아이에게 사랑 표현을 한다.

부모는 아이를 통해 사랑을 배우는 것 같다.

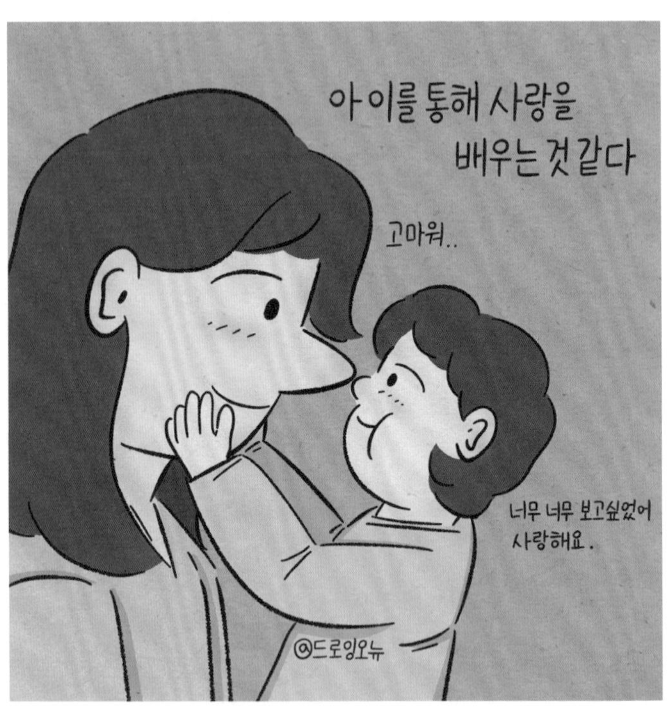
아이를 통해 사랑을
배우는 것 같다
고마워..
너무 너무 보고싶었어
사랑해요.
@드로잉오뉴

답답하고 힘든데 행복해
마음은 복잡한데 따뜻해
@드로잉오뉴

chapter 2.

육아는 현실이다

육아, 이상과 현실

아내와 나는 아이를 키운다면 생각하고 있던
이상적인 육아세계가 있었다.
하지만 이상은 이상일뿐 현실은 매우 달랐지만
아내와 나는 우리의 육아 이상을 실현하기 위해
부단한 노력을 하고 있다.

우리의 삶이 원하는 이상대로 실현되는 것이 몇 개나 있을까 싶다.
그동안 육아를 하면서 경험했던 이상과 현실을 담아본다.

육아 이상은 즐거운 식사 타임
헤이~베뷔
맘맘타임~
누구...?
엄마가 이뻐서
쳐다보는거야?
@드로잉오뉴

육아 현실은 미간 주름 발생하는 식사 타임
여기 한우 들었어..
점심먹고
낮잠좀 자자
까까는
무슨 까까야
밥 먹고
줄게!
제발...
잘 먹자..
뱉지 말고
@드로잉오뉴

육아 이상은 편안한 잠자리
@드로잉오뉴

육아 현실은 불편한 잠자리
매일
이불 없음
팔
가로본능
미나카
이불 독차지
@드로잉오뉴

육아 이상은 행복한 취침타임
사랑의 자장가.. 토닥토닥
잘자라
우리 아가~
앞뜰과 뒷동산에~
새들도 아가양도~
@드로잉오뉴

육아 현실은 잠을 이기는 아이
제발 좀 자자..
왜 잠을 이겨..
그렇게 짜증낼거면
좀 자라고!!
안 잘꺼야!
으앙
@드로잉오뉴

육아 이상은 한껏 꾸민 외출 복장
호호호 그래요?
1시간 동안 꾸민
보람이 있네!
당신 오늘 너무
눈부시게 아름답소~
@드로잉오뉴

현실 육아는 우리 애만 꾸밈
꾸미고 나갈
여유가 어딨니...
캡모자
교복같은 원피스
힙색
크록스
크록스

육아 이상은 책 읽어주면
잠드는 우리 아이
zzz
잠 들었네?!
귀여워 호호...
ⓐ드로잉오뉴

현실육아는 네버 엔딩 딱 한 권만...
계속 딱 한 권
만 더! 이러더
니만!!
듣지는 않고
뭐하는 거야!?
이럴거면 얼른 자!
zzz
귀로 듣고
있어! 이번에는
진짜야!
으흐흐흐...
뿡
딱 한 권만
더더더!
Book
Book
Book
Book
ⓐ드로잉오뉴

육아 이상은 육퇴 후 자기 개발
zzz
자격증
ⓐ드로잉오뉴

현실육아는 육퇴 후 스마트폰 꿀잼
ㅋㅋㅋ
재밌네!
어디 보자
유튜브 좀 봐
볼까나
핫딜은 못 참지!
오오~!
핫딜! 이건
사야지!
ⓐ드로잉오뉴

육아 현실은, 집에 가고 싶은 마음...

육아 이상은 완벽한 라떼 파파

피곤 파파

육아 이상은, "오늘 예약되나요?"

육아의 시간

육아를 하는 동안은 시간이 정말 너무 안 간다.
일단 아이가 아침 6~7시면 일어나기 때문에
아이의 기상과 동시에 육아를 시작해야 한다.

일어나자마자 밥 먹이고 간식도 주고 책도 읽어주고
놀이터에 가서 놀기까지 한 뒤 집에 돌아와 시계를 보면
2시간이 채 지나지 않아 놀랄 때가 많다.

체감은 분명 10시간 동안 놀아주고 들어와서
온 체력이 고갈된 상태인데 말이다.

아이는 한 가지를 오래 하지 않고
새로운 것을 하기 원하다가 보니
체감상 무언가 많이 한 것 같지만
그에 비해 시간은 얼마 흐르지 않는다.

마음은 시간이 확확 흘렀으면 좋겠다는 생각은 해보지만
애석하게도 육아의 시간은 늘 천천히 달리고 있다.

아침 일찍 일어나서...

우유 먹이면서 열심히 책 읽어주고

열심히 밥도 먹이고 ...

집 앞 놀이터에서 놀았는데도...

뭐야.... 육아 한지 고작...

말도 안..돼...
체감 상 10시간은
훌쩍 지난 거 같은데..

헐...

2시간 지났다고...?

@드로잉오뉴

단조로움

아이를 키우는 일상은
머리가 복잡해지고 정말 정신이 없다.
매일 삼시 세끼 준비하는 것도 만만치 않지만
먹이는 것은 더 험난하다.
식사 시간이 너무 길어지지 않도록 놀아주거나
책을 읽어주면서 먹이고 있다.

입이 짧고, 의자에 가만히 앉아있는 것이 어려운 아이를 붙잡고
하루 세 번 밥을 먹이고 나면 진이 쏙 빠진다.
매번 밥 먹일 때 인내심 테스트를 하는 기분이다.

아이가 클수록
자신의 의견을 명확히 이야기할 줄 아는 아이는
요구 사항이 많아진다.
그 요구 사항들을 모두 들어주고
떼쓰는 아이를 달래다 보면 혼이 쏙 빠진다.

외출이라도 하려고 하면 옷을 입히는 과정부터 쉽지가 않다.
옷을 입네 마네 하는 것부터 시작해서
신발 신으러 가는 순간까지 순조로운 게 하나 없다.

특별한 일이 아니라면 매일 목욕을 시키고 있는데
목욕은 슬슬 졸려하는 아이를 달래 가며
목욕을 시작하고, 머리를 감기고,
씻긴 후 머리를 말리고,
마지막으로 로션을 발라주는 것까지 마무리해야 한다.

우리의 육아 일상이 워낙 정신이 없어서 그런지
엄마 아빠의 개인 일상은 굉장히 단조롭다.
재료부터 열심히 준비한 아이의 식사에 비해
밥과 김치만으로 간단히 때우는 일이 비일비재하고

아이는 예쁘게 입히지만
엄마 아빠의 옷은 매일 비슷한 옷차림을 하고 있다.

육퇴 전에는 뭔가를 계획적으로 할 것 같지만
정작 육퇴를 하고 나면
꼭 필요한 일만 하고 필요한 대화만 하며,
소파에 누워 TV만 보고 싶고 아무것도 하기가 싫어진다.

육아 일상이 워낙 정신이 없어서 단조롭고 싶어지는 것 같다.

육아는 정말 정신이 없고 복잡한 일상이다

반면에 기억력과 언어 능력은 단조롭고

애랑만 하루 종일 얘기하다보니 구사력이 심플해진 기분이야..
애 낳을 때 뇌도 같이 낳았나..
단어가 생각이 안나네..
어제 뭐했지?
내가 뭐라고 말했지?
내 폰 어디갔지?

매일 입는 옷도 단조롭고

통짜에 롱 원피스!
가끔 임부복도 입는건 안 비밀!
빨리 벗고 입을 수 있으니까 최고의 선택
옷 챙겨 입을 시간이 어딨어!
출산 전 옷이 안 맞아!!

육퇴후 일상도
단조롭다
두둥~♬
당연하지
자막 안나오면
TV를 못봐..
우린 매일
넷플릭스만
보네ㅎ
TV 켜 놓고
스마트 폰 하기
자막 나오는 넷플보며
밀린 집안 일과 맥주 한잔
아..자야하
는데 자기 싫다
이 시간이 너무
소중해..
육퇴 후에는
그냥 이렇게 있
는게 좋다고

육아 일상이 워낙 화려하니 단조롭고 싶은가 보다...

전혀 다른 분위기

육아를 하며 집에 있는 시간이 많아지니
매일 똑같이 반복되는 일상이 지겹기도 하고 답답하기도 해서
나름대로는 기분 전환이 될 만한 소소한 일상을 만들어 보기도 한다.

블루투스 스피커로 별다방에서 나올 법한 분위기 있는 음악을 틀고
캡슐커피로 에스프레소를 진하게 내려본다.
그리고 깨끗하게 치운 식탁에
아메리카노 한 잔과 간단한 디저트를 준비해 놓는다.
그러고 나서 커피를 마시고 앞으로 보았는데,
보이는 것은 알록달록한 인테리어와
여기저기 널브러진 장난감들이다.

하…
지금 이런 여유를 즐기는 게 맞나 싶은 생각이 들었다.

믹스커피 보단 에스프레소를 내려 마시고 싶은
그런 기분이 있다

오늘은 믹스말고
캡슐 커피 좀 마셔
볼까나~
@뚜루잉오뉴

분위기있게 커피를 내리고

지이이잉
지이이잉

이러면 별다방에서 마시는 분위기가...

안나네…
분위기..전혀

빨리 와

현재는 프리랜서로 일을 하고 있지만
이전에는 직장을 다녔고 프리랜서로 활동을 하더라도
아이 때문에 집에서는 일을 하기 어려워
태블릿과 노트북을 챙겨 근처 카페에서 작업을 하는데,
아내는 내가 직장을 다닐 때나 지금이나
여전히 빨리 집에 돌아오기만을 기다린다.

집으로 돌아갈 때쯤 아내에게 전화나 카톡으로
"뭐 먹을 거 사갈까? 아니면 마트 들러서 장을 보고 들어갈까?"
라고 물어보면 아내는 지친 목소리로
"아무것도 필요 없고, 아무 데도 들리지 말고 집으로 빨리 와"
라고 대답한다.

이 책을 읽는 남편 분이 계시다면 작은 조언을 해드리고 싶다.
"육아를 하고 있는 아내를 위해 무조건 빠르게 귀가를 하시길 바랍니다.
또 아내가 좋아하는 음식을 포장해서 가야겠다는 생각은 하지 마시고
일단 집으로 빨리 가세요"

물론 아내가 먼저 사 오라고 했을 땐 제외다.
아내는 맛있는 음식보다
육아 동지인 남편이 1분 1초라도 빨리 와주기를 바라고 있을 것이다.
빨리 와서 자신과 함께 육아에 참여하라는 것도 있겠지만
함께 육아를 하며 느끼는 안정감이 있기 때문이라고 생각한다.

그렇기 때문에 가능한 퇴근 후에는
하루 종일 육아를 한 고생한 아내를 위해 빨리 귀가해서
아내가 쉴 수 있는 시간도 만들어주고
아빠를 기다린 아이와 교감할 수 있는 시간을 가지시길 바란다.

자기야 이제
끝날 거 같아~
10분이면 돼
자기 좋아하는
쭈꾸미 볶음 사갈까?
거긴 포장 안되잖아
@드로잉오뉴

됐고 그냥 빨리와!
안 먹어...
으흐흐..
재밌다!
와르르
데굴
데굴

어..지금
가고 있어~
반 왔어
가는 길에 맥도
있는데 디티로 포장
해 갈까?!
상하이?
빅맥?

그냥..오라고!
놀아줘!!!
먹다 체할일
있냐고!?
그냥 곧장!
딴데로 새지 말고
집으로 와라!!

네... 가요..ㅇ..ㅗ..

아직 가끔은

온유가 40개월까지는 통잠을 자지 못하고
하루에 기본 2~3번씩 자다가 깨서
엄마 아빠를 찾았다.
이후에 조금씩 횟수가 줄더니
45개월부터는 1번 정도 깨거나 깨지 않고 잘 잔다.
아주 가끔은 잠을 이기며 짜증 내고
안아달라고 떼를 쓰다가 내 품 안에 안겨 잠들곤 한다.
이제 많이 컸다고 생각하면서도
이럴 때면 여전히 아기라는 생각이 든다.

@드로잉오뉴

육아하면서 생긴 능력들

파워 : 무거운 건 전혀 못 들던 아내는 비상시 16~17kg(4살) 아이를 한 손으로도 번쩍 들 수 있는 힘을 가지게 되었다.

인내심 : 아이의 변덕, 투정을 모두 받아주고 화를 내지 않으려고 하다 보니 자연스럽게 인내심이 상당히 늘게 되었다.

손도계 : 아이를 키우면서 귀에 대고 측정하는 체온계가 필수인 만큼 아이는 감기에 잘 걸리고 체온 변화 체크를 많이 하게 된다. 체온계를 재기 전에 항상 손으로 온도 체크를 하는데, 수없이 하다 보니 손으로만 체온을 근접하게 맞추는 능력이 생긴다.

예지력 : 아이의 발소리만 듣고도 넘어질 것 같다면 사고를 미리 예측하여 방지한다.

멀티플레이어 : 육퇴 후 보내는 시간이 아까워 TV와 휴대폰을 함께 본다.

잔소리와 차단력 : 아이한테는 화를 참지만 나에게는 화를 참지 않는 아내는 잔소리가 더 많아졌다.

후각 : 아이의 기저귀 안에 응가가 있는지 알아내는 능력

순발력 : 아내와 나는 평소에 움직임도 느린 귀차니스트 스타일인데 아이가 위험에 빠질 것 같다면 빠르고 순식간에 알아채고 달려간다.

그런데… 이게 뭐라고 자랑하는 걸까? 흑흑

한손으로 아이를 들어올리는 "파워"
16키로
앉아서 밥 먹으라고
어딜가 이똥강아지!
번쩍
ⓒ드로잉오뉴

화를 내지 않으려는 인생 최대의 "인내심"
이 또한 지나 가리라... 이길지어다
도 닦는 기분...
미워!
으아앙
싫어싫어
ⓒ드로잉오뉴

이마에 손만 대어도 체온 측정이 가능한 "손도계"
열이 좀 있는 것같은데!?
탁
크오오오!
느껴진다!!
음..37..아냐!
37.1도!!
ⓒ드로잉오뉴

사고를 미리 예측하고 방지하는 "예지력"
위험감지!
뛰지마 넘어진다고!
지이잉
!!
끼이익
ⓒ드로잉오뉴

멀리서도 알 수 있는 후각 능력(응가 냄새만)

잔소리와 차단력이 향상!

스피드, 순발력 급! 향상(feat 육아 중일 때만)

INFJ 엄마

아내의 성격 유형은 INFJ 이다.
평소 성격이 생각이 굉장히 많고
새로운 것보다는 익숙한 것을 좋아하고
외출보단 집에 있는 걸 더 선호한다.
이러한 성격을 가진 아내는 육아를 하면서 걱정 인형이 되었다.

평소 생각하는 스타일이 꼬리에 꼬리를 무는 경우가 많다 보니,
아이에 관해서 아주 조금이라도 문제가 있거나
걱정할 것이 생기면 머릿속에서 걱정이 점점 늘어 떠나질 않고
해결할 때까지 다른 생각을 못 할 정도이다.
게다가 그 걱정들은 상상의 나래를 펼치며 또 다른 걱정을 만든다.

그리고 계획은 잘하지만 실행력이 떨어진다.
평소 아이를 데리고 어디를 갈지, 함께 무엇을 어떻게 할지
다이어리나 스마트폰 메모장에 기록은 해두었지만
언제 실행할지는 본인도 모른다.

또 워낙 집순이라 집에 있는 것을 가장 좋아하지만
오로지 아이를 위해 자주 외출을 하려고 한다.
그러나 멀리 나가지는 않는다.

마지막 큰 특징은 겉으로 봤을 때는
친화력 좋고 처음 만난 사람과도 이야기 잘하는 것 같지만
낯가림이 심하고 특히 전화상담을 어려워한다.
그래서 아이에 관한 일들로 상담을 하거나 사람을 만날 때,
전화로 예약하거나 상담을 해야 할 때는 내가 자주 하는 편이다.

오뉴맘은 성격유형이 INFJ인데
일단 계획을 미리 디테일하게 세운다

그러나 계획대로 하는게 별로 없다...

새로운 것을 시도하는 걸 별로 안 좋아한다

생각이 엄청 많다 (꼬리에 꼬리를 무는 생각)

걱정이 많다 (특히 아직 일어나지 않은 일을 상상)

오뉴맘은 겉으로는 외향적이고 당차보이지만

사실 낯가림이 꽤나 있다

겉으로는 친화력 가면을 쓰고 있지만

밖에서 누군가에게 물어볼 일이 생기면

나에게 물어보고 오라고 시킨다

육아용품 AS 받거나 상담할 일이 있으면

나에게 전화하라고 시킨다

무릎을 꿇다

살면서 이렇게 무릎을 많이 꿇어본 적이 있을까?

아이가 가지고 논 장난감을 치우고,
아이가 먹다가 흘린 과자, 음료, 반찬을 치우고,
아이가 말 태워달라고 해서 엎드려 기어 다니고,

매일 수 없이 나의 무릎은 바닥과 마주하느라 쉴 틈이 없다.

치우고 또 치우고...
매일 무릎을 꿇고...
치우지마
앙대!
내꺼야!
휴.. 무릎은
까매지고

으악!
아이C..
편백나무큐브!!
듀플로!!
내..내..
무릎!!
악!
악!
부들 부들
@드로잉오뉴

아까운 것들

육아를 하면서 크고 작게 아까운 것들이 있다.

이런저런 이유로 먹이지 못했던 분유,
아이를 위해 비싸고 좋은 재료로 열심히 만든 음식,
아이가 먹다가 쏟아버린 우유, 요거트, 주스 등등….
그러나 이보다 더 아까운 것은 따로 있다.

아이가 늦게 자고 중간에 깨면 줄어드는
육퇴 후 자유시간과 수면 시간,
매일 편하고 옷차림만 찾게 돼서 잃어버린 패션 감각,
그리고 우리의 젊음.

육아하면서 정말 아까운 것들

아까워~
아까워~
ⓒ드로잉오뉴
@drawing_onu.

현재는 아니지만 몇 번 넣었는지 잊은 채 타 버린 분유

또 버려야 하나...
아.. 몇번 넣었지..?
기억이.. 안나...
콸콸콸콸
분유
씽크대
ⓒ드로잉오뉴

안 먹고 뱉고 엎어버린 이유식과 유아식..

밥! 아니야
지끈 지끈
하하하하 미추어 버리겠네
내 시간
내 정성
절레
절레
@drawing_onu.
투뿔 한우와 유기농 야채들 (feat 정성)
투웩
탁탁
유기농 야채와 한우를 정성스럽게 손질해서!
우웩
열심히 정성껏~ 손이 안 보이게!
내가 말이야 이 동네.. 대장금이다 이거야!
탁
탁탁
한우
ⓒ드로잉오뉴
@drawing_onu.

장난치다가 쏟아버린 퓨레, 요거트 등등
엄마 오늬 봐요!!
으 앵!?
출랑
출랑
미끌
주르르륵
ⓐ드로잉오뉴

육아하느라 못 마신
얼음 실종 아이스커피
좀 한 자리에 서 앉아서 먹으라고!! 앉아! 앉아
안 먹어!
얼음이 다 녹고 미지근한 커피
다다다다
ⓐ드로잉오뉴

아무것도 안 쌌는데 뜯어버린 기저귀
헉.. 내가 왜 뜯었지?
아빠 뭐해?
ⓐ드로잉오뉴

총명했던 두뇌... 기억력과 언어 능력
육아하느라 하도 정신없어서 그런건가....
애 낳을 때 뇌도 같이 낳았나..
단어가 생각이 안나네..
어제 뭐했지?
내가 뭐라고 말했지?
내 폰 어디갔지?
ⓐ드로잉오뉴

뽑아놓고 가지고 놀지않는 뽑기 장난감들...

왕년에 잘 입었던 패션 감각

중간에 깨서 줄어든 육퇴후 자유시간(feat 식어버린 야식)

현실육아 시상식

2021년~2022년 사이 올렸던 그림 중
가장 공감을 많이 해주셨던 주제들을 모았습니다.

2022 재미로 보는 현실육아 시상식

엄마 말이 안 들리니? 상

2022 재미로 보는 현실육아 시상식

우리 애만 귀염뽀짝 상

2022 재미로 보는 현실육아 시상식

오면 반갑고, 가면 더 반갑다 상

정작 데려가면 1시간 정도 후부터 집에 안가냐고
계속 묻고 재촉하심…

2022 재미로 보는 현실육아 시상식

옷 다 입혔는데 응가! 상

2022 재미로 보는 현실육아 시상식

화장실에서 사니? 상

화장실에 너무 오래 있지 마세요

2022 재미로 보는 현실육아 시상식

설거지는 내꺼 상

2022 재미로 보는 현실육아 시상식

잠은 이기는 거야 상

졸린데 참고 안 자고 있을 때 (짜증 종합 세트)

2022 재미로 보는 현실육아 시상식

육아가 힘들면 톡도 많아진다 상

2022 재미로 보는 현실육아 시상식

옷다 입혔는데 응가!상

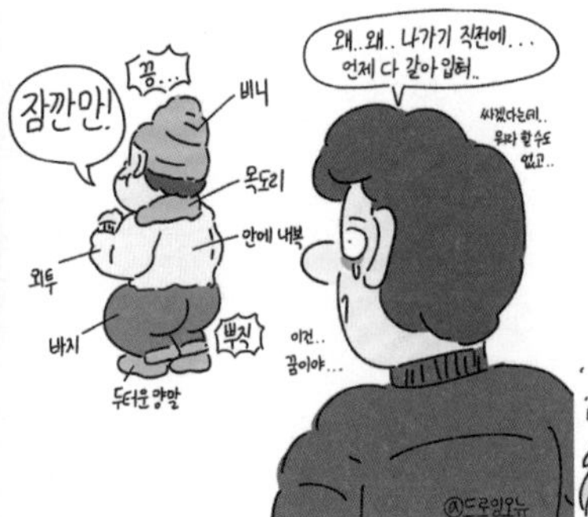

2022 재미로 보는 현실육아 시상식

아무것도 사지말고 그냥와 상

2022 재미로 보는 현실육아 시상식

어디까지 다쳐봤니? 상

육퇴하니까 괜찮아 상

chapter 3.

상전을 모시다

마트

온유는 기관을 가지 않고 가정 보육을 하다 보니
마트에 갈 때 항상 함께 간다.

외동인 데다가 집에서 지내는 날이 많은 아이가 안쓰러워서
적당한 가격의 장난감을 한 개씩 사주는데,
아이가 그 약속을 지키지 않아
곤란한 때가 종종 발생한다.

어느 날은 큰 장난감을 가져와서는 사달라고 떼를 쓴 적이 있었는데,
떼를 쓰면 안 되는 이유를 말해주고,
언제 사줄지 이야기하며 달래준 적이 있었다.

우리는 주로
"산타 할아버지가 사주실 거야."
"이건 생일 때 사줄게."
"자꾸 떼쓰면 산타 할아버지가 선물을 안 주신다."
하고 말해준다.

그런데 주말에 마트에 와보면
우리와 똑같은 상황에 놓인 부모님들을 많이 보게 된다.
옆에서 듣다 보면 우리와 멘트가 다 비슷하다.

우리의 육아는 닮아있음을 다시 한번 생각하게 된다.

마트에 가면 항상 약속을 하고서 장난감을 사주려는데

약속은 금방 깨진다... 소용없다..

그런데...마트에서 보면 다들 비슷한가 보다..

너 자동차가 집에 한 트럭이야! 오늘 보기만 하러 왔잖아! 안돼 그만사!
너 자꾸 이러면 마트 안 데려와!
보기만 해!
또 인형이야? 집에 인형 너무 너무 많아~! 너 금방 또 안 가지고 놀꺼잖아~ 안돼! 가자!
오뉴야.. 엄마가 안된대.. 아빠는 힘이 없어.. 나중에 택배 아저씨가 가져올 수도 있어

대환장 외출하기

가정 보육을 하고 있던 온유는 매일 외출을 하고 싶어 했다.
그래서 아이를 위해 귀찮아도
날마다 데리고 나갈 장소를 미리 조사해 두고 외출을 해왔다.
그런데 환장하는 건 정작 나가자고 하면 전혀 협조를 해주지 않는다.

옷도 입지 않겠다며 도망가고,
장난감 가지고 논다며 안 간다고 하고,
책 읽어줘야 나가겠다고 한다.
가끔은 절대로 안 나가겠다고 하는 아이와 실랑이로
너무 지쳐 외출을 포기하고 옷도 다시 갈아입었는데
다시 나간다고 말한다.
그래서 다시 옷을 입히고 나가려는 순간에
응가를 했다고 하면 정말 나가기 싫어진다.

4살이 넘어가면서 옷과 신발이 마음에 안 들면 안 나간다고 한다.
또 마음에 드는 장난감을
한두 개씩 챙겨나가야 비로소 집 밖을 나설 수 있다.

갑자기 뭔가를 한다면서 옷을 안 입기 시작하고

가자 얼른!
옷입자...
갑자기 그걸
왜 하는거니
....
잠깐만~!
이거 하고서 입을게
아빠도
참...
@드로잉오뉴

옷 하나 입고 도망가고 또 하나 입고 도망가고..

기저귀 입어!
안 갈꺼야~?
부우우웅
뿡
어휴..
ⓒ드로잉오뉴

으흐흐..
공놀이!!
바지
입어!
진짜
안 갈거야?
어?
응!?
헤헤
헤헤
왜!
도망 가
냐고!?
ⓒ드로잉오뉴

엄마
힘들어서
나가기가 싫네...
휴...
기운 빠져..
한 번에 입지를
않아...
ⓒ드로잉오뉴

뭐지..이 냄새는...제발...
킁킁
킁킁
킁

응가 했쪄요!
해맑
해맑
냄새
폴폴
냄새
폴폴
@드로잉오뉴

외출
안해!!
우아~
우아
@drawing_onu.

잠 친구들

아이에게는 잠 친구들이 꼭 필요하다.
온유가 3살 때까지는 베개 2개랑 토끼 인형 2개뿐이었는데
지금은 10개 이상이다.
여전히 1개라도 없으면 어디 갔냐며 안 잔다고 떼를 쓰기도 하고
매일 좋아하는 장난감을 바꿔가며 손에 쥐고 잔다.

보통은 미니카나 작은 장난감 로봇을 가져오는데
어느 날은 마트 카트 장난감을 가져와 함께 잔다고 했다.
어이가 없었지만 엉뚱하였고 귀여웠던 기억이다.

오뉴가 3살 때까지만 해도 잠친구들이 4개 정도에
불과했는데...

그 사이에 친구들이 많이 늘었다...

하나라도 없으면 안된다..

하나 없네?
삼!
일!
이꼬
이꼬
이!
이꼬
뽈
엉?
휘익
ⓒ드로잉오뉴

뭘 흘리거나 묻혀서 더러워지면 즉각 빨래·건조해서
준비해야지.. 안 그럼 재우기 쉽지 않다

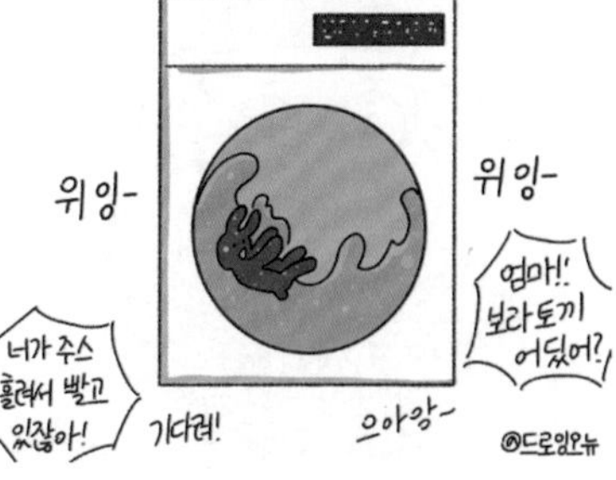

위잉-
위잉-
엄마!! 보라토끼 어딨어?
너가 주스 흘려서 빨고 있잖아!
기다려!
으아앙-
ⓒ드로잉오뉴

게다가 손에 장난감을 꼭 쥐고 잔다

그런데 매일 가지고 자는게 다른데...

또 작고 가벼운 건 이해되는데...

어느 날 하루는 이걸(?) 가지고 왔다

장난감 카트를 가지고 자겠다 했다...

그날 이렇게 잤다....

인사

40개월 정도 되니 온유의 인사말이 많이 다양해졌다.
이전에는 "안녕"하면서 손을 흔드는 정도였는데
"아빠 잘 다녀와"
"운전 조심하고"
"사랑해" 등등 여러 가지 표현을 하고
가르쳐 준 손가락 하트까지 보여주며 인사를 한다.

그런데 가끔 바쁘게 나가야 할 때는
"아빠 다녀올게" 라며 짧게 인사를 하고
온유의 인사를 보지 않고 가면
인사를 제대로 하지 않고 갔다면서 울고불고 난리가 난다.

그러면 영상통화를 켜서 제대로 인사를 주고받거나
다시 집으로 돌아가서 인사를 하고 와야 한다.

요즘 오뉴가 이렇게 말해준다
엄마랑 잘 놀고있어~
오뉴야 아빠 일하고 올게~
아빠 가는거야?
히잉..
아빠 빠이빠이

손가락 하뚜~♡
이렇게
이렇게
헤헤

사랑해!!

캬..
이래서 힘들어도
행복하고만..
ⓐ드로잉오뉴

그런데 제대로 인사 안하고 나가면...
인사 제대로 안했다고 난리야
인사했는데..
분명..
으아앙
어떻게~ 안 달래져..
아빠가 그냥 갔어!!
ⓐ드로잉오뉴

육아를 하는데 왜 다칠까?

육아를 하면서 아내와 나는 종종 다치기도 한다.
아이는 움직임에 거침이 없고,
아직 자기 몸을 완벽하게 컨트롤하지 못하여 발생한다.

그림 속 나는 안경을 쓰지 않지만 실제로는 안경을 쓰고 있다.
내 안경은 온유의 고사리 같은 손과 발에 맞아
날아가 버리거나 부서진 덕에
새 안경을 2번이나 맞췄다.

그리고 온유는 내가 누워있으면
배 위로 점프해서 올라가 방방 뛰며 재밌어한다.
또 갑자기 달려와서 머리로 부딪히거나
앉아있다가 벌떡 일어나면서
나의 턱을 강타하는 경우도 많았다.
그래서 입술이 찢어지거나
입안 어딘가가 터져 피를 보기도 했다.

이거 말고도 떨어트린 장난감에 맞아 멍들거나
상처가 나는 경우도 꽤 있다.

남겨주신 댓글들을 읽어보면
우리 부부보다 더 크게 다치는 분들이 많아서 깜짝 놀랐다.
아무쪼록 이 세상 육아를 하는 부모님들이
다치지 않고 평화로운 육아 일상이길 바란다.

돌 전까지는 머리끄덩이 꽤나 잡혔고

안 돼!!
안그래도
많이 빠졌다고!!
깔 깔
깔
ⓒ드로잉오뉴

멱살 꽤나 잡혔다…
저기....
어디까지 내릴려고 하는거니
??
주욱
주욱

이후엔 고사리같은 "발"차기에 안경 몇 번 날려 보내고

누워있으면 트램폴린 마냥 뛰어 주고

욱!
그만!
일어나!!
배에 감각이 없다…
퍽 퍽 퍽 퍽
퍽 퍽 퍽 퍽 퍽 퍽 퍽
보글
보글
내 내장…
ⓒ드로잉오뉴

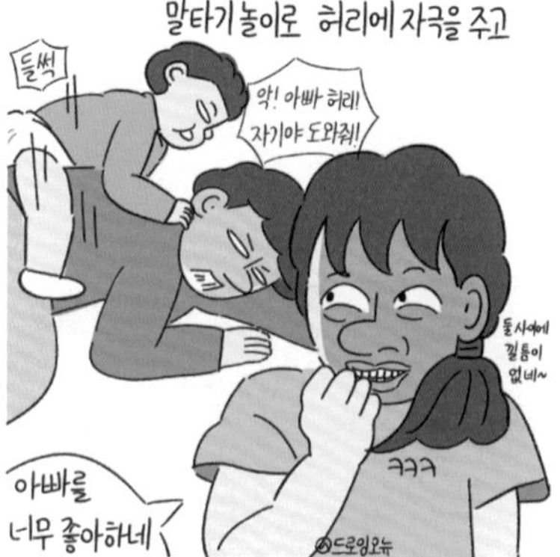

동생 만들어 줄 계획조차 못 할뻔 했다

지난 주에도 오뉴가 머리로 아빠 입술을 강타!
피나고 부어서 며칠 밥을
제대로 못 먹었다는 사실...
악!
아빠!
이 책~
읽어줘
퍽퍽!
퍽
흑
흑흑
아프다!! 피나
@드로잉오뉴

4살

주변 육아 선배들이 4살은 미운 4살이라고 하는 말을 많이 들었다.
4살이 되자마자 이유를 알게 되었다.
2가지 단어로 말하자면 바로 고집과 변덕이라고 생각한다.

자기주장이 강해져서 스스로 맞는다고 생각하면
자신의 주장을 굽히지 않는다.
혼자서 하려는 것들이 많아지는데 잘 못하거나 실패를 하면
짜증을 있는 대로 낸다.
또 하지 말라고 하면 반대로 더 하려고 하고
하루에도 수십 수 백번 질문을 한다.

우리를 가장 힘들게 하는 것은 바로 변덕이다.
자꾸만 말을 바꾸고,
좋아했다가 싫어했다가 하고,
한다고 했다가 안 한다고 한다.

미운 4살이 맞기도 하지만 가장 귀엽고 사랑스러운 4살이기도 하다.

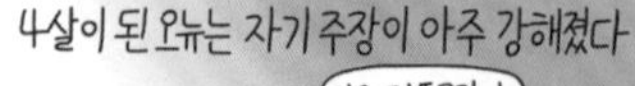

4살이 된 오뉴는 자기 주장이 아주 강해졌다

혼자서 하려고 하는 것이 많아지는데 안되면 짜증낸다

오뉴가 혼자서 변신할 수 있지!!

하지말라고 하면 더 하고 반대로 한다

점프하지 말라고!! 다쳐!!
시져! 할꺼야!
빙글 빙글 춤출거야!!
방
방
완전 청개구리네..
오뉴 빙글 빙글 돌지마! 어지러워~!
나는 4살 이다
오뉴가 할꺼야
절대로 안할꺼야
아오..저똥고집..!
변신 장난감
왜 안돼 으아앙~!
변신 시켜죠!!
ⓒ드로잉오뉴

변덕이 죽 끓듯 하다

혼자 하고 싶었던 것을 엄빠가 하면 난리난다

왜? 라고 물어보는게 많아졌다

4살 아이의 짜증

4살이 아이의 짜증 폭발 시기인 거 같다.
왜 짜증을 내는 건지, 겨우 이것 때문에 짜증을 내는 건지
이해가 안 될 때가 많다.
이유도 다양하고 매번 이유도 바뀌고 종잡을 수 없다.

아이가 4살 때 짜증을 제일 많이 내던 순간은
엘리베이터 버튼 누를 때,
장난감 로봇 변신시킬 때,
그리고 안 자고 놀 때이다.
특히 졸릴 때는 짜증 종합 세트다.
졸리면 그냥 자면 좋겠는데 참고 안 잔다.
오히려 잠을 깨려고 노래를 부르거나
실로폰을 치고 음악을 틀어달라고 한다.

졸릴 때 조금이라도 잘 안 되는 것이 있거나
마음에 안 드는 것이 생기면
평소보다 빠르고 크게 오래 짜증을 낸다.

지금까지 육아를 하면서 느낀 것이
우리 아이가 왜 짜증을 내는 건지 이유를 모르는 것이 아니라
이유는 알고 있지만 그 이유로 짜증을 내는 것이 이해가 안 되는 것이다.

그냥 저 나이 때는 충분히 그럴 수 있고
아이도 원해서 짜증을 내는 것이 아니라고 생각하니
짜증을 내는 아이의 모습을 더 마음 편히 받아줄 수 있었다.

4살 우리 아이가 짜증 내는 순간들

엘베 버튼을 다른 사람이 눌렀을 때

방귀 뀌었는데 엄빠가 못 들었다고 할 때

장난감 변신이 잘 안 되거나 부서졌을 때

졸린데 참고 안 자고 있을 때 (짜증 종합 세트)

4살 뇌구조 (남아 오뉴 기준)

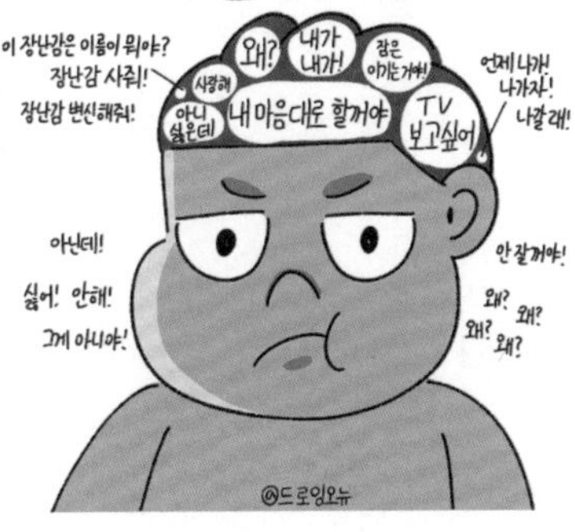

'아들'이라서?

아들을 키우다 보니,
"아들이라서 그런가?"라는 생각이 들 때가 있다.
대체로 아들들이 말을 하면
한 귀로 듣고 한 귀로 흘려보낸다는 말을 들은 적이 있었다.

온유도 분명히 들었는데 모르는 척하는 순간들이 있다.
특히 TV 보여줄 때는 아예 귀를 닫고 있는 듯하다.
그리고 마트에 가면 매번 장난감을 사달라고 떼를 쓰는데,
가만히 장난감 코너를 둘러보면
장난감 사달라고 투정 부리는 아이들은 대부분은 남자아이들이 많았다.

엘리베이터 안에서도, 놀이터에서도
쉴 새 없이 뛰는 아이들도 남자아이들이 많았다.
정말 아들이라서 그런 걸까?
유전학적으로 아들이 가지는 공통된 특징들이 있는 것일까?

딸은 어떨지 궁금하다.
그런데 인스타 댓글을 통해 알게 된 것은
딸도 비슷한 경우가 많고
감정적으로 더 예민한 것 같다는 의견을 남겨주신 분들이 많았다.

아들이라서?

사줘!

꼭 사야돼!!

@드로잉오뉴

티비를 보여줄 때면 소파를 벗어나 점점 티비
가까이로 오는 오뉴

오뉴야 뒤로 가
눈 나빠져요~
처음에는
상냥하게 말함
ⓒ드로잉오뉴

아마도 듣고 흘려 보내는 느낌
분명 들었는데..
오뉴야 뒤로 가라고..
ⓒ드로잉오뉴

상냥하게 말하면 말을 잘듣지를 않아
점점 목소리가 커진다
오뉴야... 뒤로.. 가라고..
몇번 얘기 하니...
화
화가
올라오는 중
ⓒ드로잉오뉴

크레센도 분노
발사!!
오뉴!
뒤로가
빨리
뒤로 가서
보라고!
오뉴야
눈 나빠져!
오뉴 안 들려!?
ⓒ드로잉오뉴

아들이라서 그런건가.. 딸이 궁금하다
엄마 말이 안 들려!? 뒤로 가!
뒤로 가! 얼른
TV 너무 가까이에서 보지마라
뒤로 가서 보자
안 그럼 TV 끈다!!
ⓒ드로잉오뉴

흠.....
ⓒ드로잉오뉴

엘베 기다릴 때 가만 있지 않는 아들들....
내가! 내가! 내가 누를거야!
엄마 나 봐봐요!
다다다다
폴짝
ⓒ드로잉오뉴

마트에 들어가기 전 이렇게 대화를 나누고 가도
입 구 | 2 마트
응! 보기만 하는거야!
집에 너무 많아^
우리 장난감은 구경만 하는 거다!? 알겠지?
ⓒ드로잉오뉴

막상 들어가면 장난감 사달라고 떼를 쓴다.
그것도 비싼걸로...

그런데... 가만히 보면 떼쓰는 아이들 대부분
아들들이다..

아.. 맞다 뽑기 하는 곳도 아들들이...

부모님들의 멘트도 비슷하다...

아빠 이빨 새까매

평소 온유 양치 시간에 이런 멘트를 많이 한다.
"이빨 벌레가 우글우글 있다"
"새까매"
그런데 온유가 4살 정도 되니 가끔 나를 양치시켜주겠다고 한다.
그러고는 엄마 아빠가 했던 말을 그대로 하기도 하고
좀 더 말을 붙여 말하기도 한다.
"이빨 벌레가 입에서 놀고 있다."
"치과 가서 혼난다" 등등….

정말인 것처럼 연기를 하면서 말하는데 귀엽기도 하고
뭔가 나의 자존감이 하락하는 느낌이다.

오뉴 이 닦일 때, 이런 말을 하면서 하는데

요새 오뉴가 이를 닦아주겠다며 말을 따라한다

사실이 아닌데(?)... 뭔가 자존감 하락...

상전

가끔 우리 아이가 상전처럼 느껴진다.
그렇다면 아내와 나는 신하라고 할 수 있겠다.

우리 귀여운 상전은 하고 싶은 대로 하고
말도 정말 많고 지시하고 질문한다.
그리고 포기를 모르고 고집도 세다.

상전
빨리 더 읽어!
책 읽어줘!
읽어!!!
빨리!!!
어서 읽으시게!
난 이미 20권이나
읽었소!
그리고 두신하..
ⓒ드로잉오뉴
자네 뭐하는 건가!?
어느 안전이라고!
통촉하여
주시옵소서!!
제가..
고뿔에 걸려서..
콜록
콜록

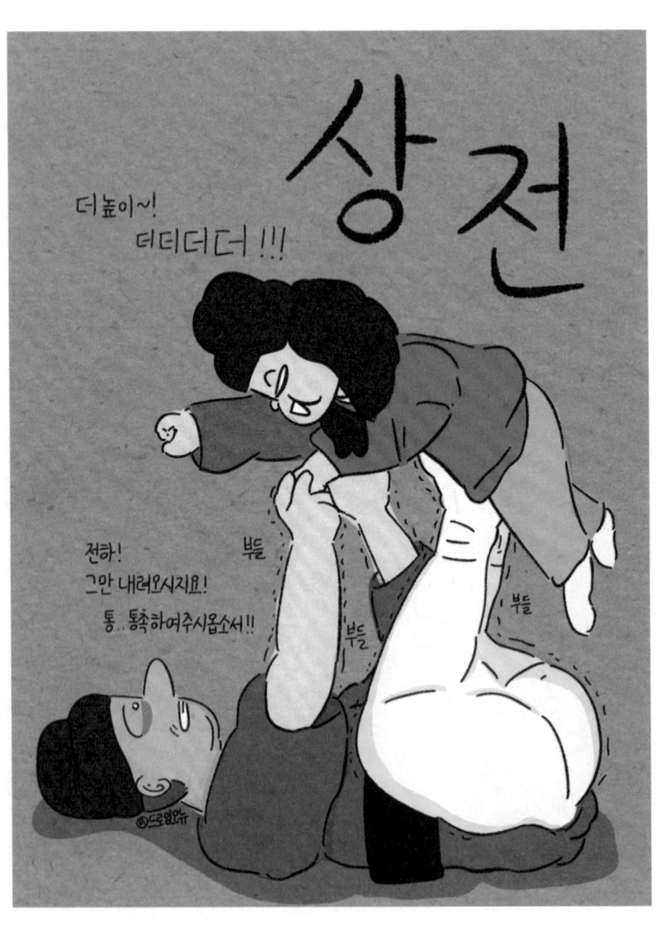
상전
더높이~!
더더더더 !!!
전하!
그만 내려오시지요!
통.. 통촉하여주시옵소서!!
부들
부들
부들

말 좀 그만하시고
잠을 자십시오..!
제발....
젤리는?
과자는 없어?
왜 없어? 왜?
초록불!
왜 안가? 왜 출발
안해? 왜 말 안해?
도착 했어?
여기 어디야?
주스 줘!
사과 말고 포도
없어?
유기농 사과
왜 멈췄어?
왜 안가?!
우리 어디 가?
응? 어디 가냐고
음악 왜 껐어?
다시 틀어~ 그거!
반복 재생!
저흰..
좌회전 입니다
할미집에
간다고 열 번 넘게
얘기 했습니다만...
네...
가고 있습니다요..
상전

chapter 4.

우리는 육아 동지

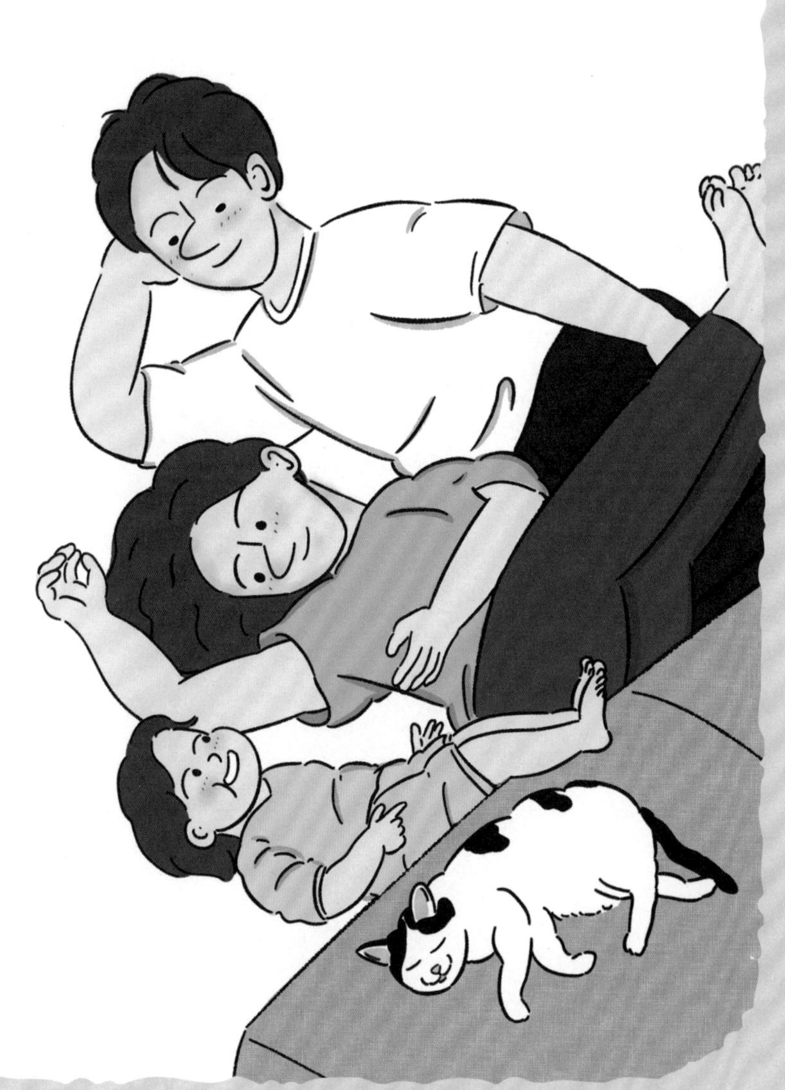

유통기한

평소 쇼핑을 별로 좋아하지 않던 아내는
아이가 생긴 후 핫딜 쇼핑을 즐기고 있다.
대부분 아이를 위한 물건이나
우유, 영양제, 손질 생선, 유기농 주스 등등 식품류가 많다.

한 번에 몇십 개씩 구매를 하기 때문에
가끔 유통기한을 넘기는 경우가 생기는데
아내가 그런 것들은
"며칠 지난 건 괜찮아"하면서 나를 주거나 본인이 먹는다.

또 과일 같은 것들도 살짝 무르거나 하면
온유에게 주지 않고 나를 챙겨(?) 준다.

우리 아이에게는
싱싱하고 맛있는 것만 주고 싶은 따듯한 엄마의 마음이 느껴진다.

아내가 나를 무척 챙긴다

오뉴에게만 주었던 먹을 것들을 나에게도 준다

그래서 멘트 날려 보내봤다...

통한 것인가..?
장보지 말고 그냥 오고!
나참~ 뭐라는 거야! 어서 가~
@드로잉오뉴

아닌가...
씨익
@드로잉오뉴

다시 씻어서.. 남편니에게
아이쿠 장난감 밟고 넘어질 뻔했네!
바나나가 많이 검게 변했네.. 울 애기한테 주기는 좀...
속 알맹이는 멀쩡하네^
후두둑
후두둑
오잉..? 유통기한이 하루 지났네 흠...
요구르트
유기농
우유
괜찮을 거 같긴 한데...
@드로잉오뉴

혼나는 이유

육아를 하면 몸과 마음이 힘들고 지칠 때가 많다 보니
아내의 신경이 날카로워질 때가 많다.
그 타이밍에 내가 육아를 제대로 못 하거나 실수를 하게 되면
아내에게 종종 혼나곤 했다.
아이에게 집중해야 하는데 그렇지 못할 때도 있었고,
짧은 생각과 행동으로 육아를 더 어렵게 만든 적도 있다.

하지만 지금은 아내의 많은 가르침과 깨달음으로
이러한 실수도 하지 않고 진정성(?) 있는 육아를 하며
멋진 아빠로서 성장하고 있는 중이다.

육아하는 아빠가
혼나는 이유
또르르..
ⓒ드로잉오뉴
화장실에서 5분이상 있을때
화장실에 서 사나?
게임해?
내..내가
ㅂ..변비..
나..나갈게!!
ⓒ드로잉오뉴

눈과 입으로 육아할 때
할비가 사주신 비행기네 와..와..
ⓒ드로잉오뉴

누워서 육아할 때
아이고.. 잘하네~ 쌓는 것도 잘해
ⓒ드로잉오뉴

애 밥 먹이고 있는데 과자 먹을 때
우..우...
미..미안해..
애 밥 먹이고
있는데 과자를
먹고 있냐!?
컥!
컥!
요 입!
콰악
바삭한
과자
@드로잉오뉴
애 좀 보라고 했더니 미디어 보여줄 때
오늘 티비
보여줬지?
아니..네네!!
@드로잉오뉴

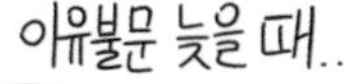
이유불문 늦을 때...

나 오늘
늦어..
아무것도 사지말
고 세차하지 말고
장보지말고 와!
빨리와
언능
@드로잉오뉴
애 안 보고 설거지 할 때
설거지
내꺼!
어?
어어..
설거지
말고 애를
보라고!
@드로잉오뉴

육아 중에 분리수거 다녀올 때

운전하다 급브레이크 밟았을 때

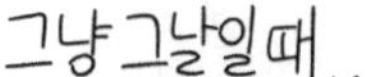

해봐야 안다

육아는 수없이 감정 컨트롤을 해야 하고
얼마나 많은 후회와 반성을 반복하는지
직접 해봐야 힘든 정도와 내 마음대로 되지 않는다는 것을 알 수 있다.

우리 부부는 공동 육아를 해오고 있기 때문에
둘 다 확실하게 느끼고 경험하고 있다.
그 덕분에 육아를 하면서 느꼈던 감정과 고충을
공유하고 공감할 수 있다.

그렇게 부부는 서로에게 위로가 되어주는
진정한 육아 동지가 될 수가 있다.

어느 날 어두운 표정의 아내를 마주했다

자기야 무슨 고민이라도 있는거야? 심각해보이네...
아..그게
휴..
@드로잉오뉴
엄마가 자라고 했잖아!!
이해가 안 되네!!
으아앙
오늘은 안 잘꺼야!
얼른 자!
자라고 제발!!
요즘 아이에게 큰 소리로 화내고 하는 일이 많아져서 고민이야....
내가 부족해서 그런건가.. 부족한 엄마는 아닌가.. 생각이 드네..
@드로잉오뉴

자긴 충분히 잘하고 있어!
아.. 그랬구나.. 그런데 그런 생각 하지마 하루종일 아이랑 붙어있고 감정 억제하다가 간혹 그럴 수 있지않겠어?
사람은 감정의 동물이고 엄마 아빠도 사람이야.항상 기분이 좋을 수 없어
@드로잉오뉴

그리고 우리 오뉴 세상 밖에 나온 지 아직 40개월도 안돼 아직 아기라서 모든 게 성장 발달 중이니 서툴고 힘들꺼야
화가 날 것 같으면 심호흡을 후~후~ 하면서 잠시 쉬어봐
이렇게
후~~
후~~
우리가 어른이고 부모니까 이해하고 기다려 줍시다
응.. 알았어 노력해볼게..
@드로잉오뉴

역시 육아는 마음대로 되질 않는다. 해봐야 안다.

재채기

나는 재채기 소리가 꽤 큰 편이다.
그래서 아내는 내 재채기 소리에 자고 있던 온유가 깨서
꿀맛 같은 자유시간을 잃을까 봐
내가 재채기를 하는 것에 예민하게 반응한다.

한 번은 같이 드라마를 보고 있는데
갑자기 재채기를 하려던 나의 얼굴을
손으로 툭 친 적도 있었다.

그래서 나는 작게 재채기하는 방법을 터득했다.
입고 있는 셔츠를 최대한 코 위까지 가리고 코를 붙잡고 하는 것이다.

아내는 왜 날 때렸을까?

육퇴 후 자유시간, TV를 보고있는데

ㅊㅜ!....
빡
휘청~
ⓒ드로잉오뉴

재채기하다 오뉴 깰뻔한 거 구해준거야. 재채기 할 때 어떻게 해야지?
그래도 손으로 갑자기....
막아주던가!
급했어..
나 애 깨우는거 정말 정말 싫거든!
ⓒ드로잉오뉴

육아 가정의 평화를 위해
재채기는 이렇게..
엡치...
ⓒ드로잉오뉴

사진 찍지 마

우리는 장기 연애 후 결혼을 해서 신혼 때까지는 사진이 정말 많았다.
그런데 아내는 아이를 낳은 뒤부터 점점 사진을 안 찍다 보니,
사진 찍는 것 자체를 별로 좋아하지 않게 되었다.
아이를 낳고 키우면서 나이를 먹은 모습을
카메라를 통해서 보는 것이 너무 어색하다고 했다.

물론 신혼 때보다 나이도 먹었고,
시간이 지날 수록 자연스럽게
머리숱도 줄고 피부도 예전 같지 않다.
또 아이를 키우다 보니
스스로를 가꾸고 꾸밀 여유가 없는 것도 사실이다.

하지만 우리는 부모의 삶을 열심히 살아가고 있고
아내는 나에게 여전히 아름답다.
그리고 우리 인생에서 현재 모습이 가장 젊을 테니
그대로의 모습을 사랑하자고 했다.

신혼 때 까지는 셀카도 많이 찍었는데...

아이 낳고 나서는 사진 찍는 걸 싫어한다

아이 찍어주려다가 셀카 모드 잘못 눌러 놀라고

셀카라도 찍자라고 하면 싫어하고 피한다

아..알았..어

왜 자꾸 셀카 찍자는 거야!? 하지마!

찍지마

과악

아이 낳고 급 늙은 거 같단 말이야!!

아직 살도 못 뺐고

@드로잉오뉴

나 애 낳고나서
셀카 잘 안 찍어..
처음에는 살 빼고
관리한 다음에 찍어야지
했는데 그게 문제가 아니더
라고 휴....
지금의 내 모습이
어색하다랄까..
그랬구나
....
자꾸 나이
생각 못 하고 우리
한창 연애 때 모습
을 떠올리고 기대
하나봐
토닥
토닥
그런데
자기야
@드로잉오뉴

나도 우리 연애 때 생각하면
완전 아저씨 같은 지금 내 모습이
어색하다고~
자기는 변함없
이 예쁘고 멋지니까
자신감을 가져! 우린 지금이
가장 젊은거니까 과거
생각하지 말고 현재의 우리
모습을 사랑하자~!
그러니까 셀카도
많이 남겨둬~
@드로잉오뉴

뭐? 너도 그렇다고?
넌 과거에도 현재도
오징어잖아....
자기야
나도 그래~
너가 내 마음을
이해한다고?
니가?! 어?
오뉴 파파
자신감을
가져!
@드로잉오뉴

서로를 아끼고 사랑한다면

우리 부부는 거의 50 대 50 비율로
4년간 가정 보육을 해오고 있다.
만약 혼자 가정 보육을 해야 한다면
못 했을 것이다.

어린이집이나 유치원 같은 기관의 도움을 받거나
양가 부모님의 도움을 받더라도
양육은 결국 부모의 몫이라고 생각한다.
그렇기 때문에 가정 보육을 하던 기관을 보내던
부부의 관계가 굉장히 중요하다고 생각한다.

육아를 하다 보면 몸과 마음이 빠르게 지치고,
피곤하고 힘든 심신 상태에서는
예민하게 반응하고 사소한 일로 다투게 된다.
그러면 육아는 배로 힘들어지고
아이는 이런 분위기를 고스란히 다 느낀다.

주어진 환경은 드라마틱하게 바뀔 수 없으므로
주어진 환경을 탓하지 말고
주어진 환경 안에서 서로에게 힘이 되어줄 방법을 찾아야 한다.

우리가 아이를 사랑하고 아끼는 것처럼
서로를 아끼고 사랑한다면
힘든 육아가 조금은 더 보람되고,
더 행복한 가족이 되지 않을까 생각한다.

3년 넘게 육아를 해보니 알겠다.
육아는 혼자서는 하기
어렵다는 것을.

아무리 기관과 가족의도움이 있더라도
결국 부모의 몫이고

어린이집

가족

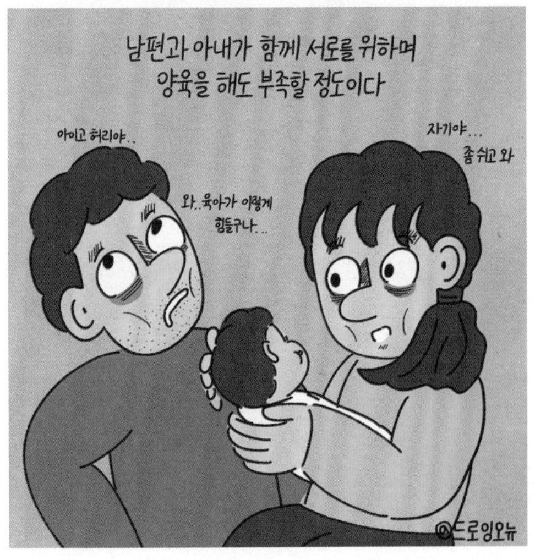

그런데 사소하게 다투거나 감정이 상하면
육아는 배로 힘들어진다

그렇기에 서로 잘했다고 얼마나 육아에
기여했다고 따지기보다는
그럼 나는 놀아?
일 갔다와서 최대한 하고 있다고!
난 하루종일 애랑 붙어서
시간을 보낸다고!

서로에게 쉼을 줄 수 있는 사람이 되어야 하고
놀아주고 안아주니 잠든거 같아
고생했어요. 내가 이제 방에 눕히고 토닥이면서 재울게
쉬고 있어

주어진 환경을 탓하지 말고 주어진 환경에서 우린 방법을 찾아야 한다
지금 고민, 걱정인 것들 같이 고민하고 방법을 찾자
너무 걱정하지 마
휴....

우리 아이를 아끼고 사랑하는 것처럼
서로를 아끼고 사랑한다면

그런 마음이라면... 힘든 육아가 조금은 더 보람되고
행복한 가족, 우리가 되지 않을까 생각한다
사랑해
사랑해
사랑해
@드로잉오뉴

배려

육아를 하다 보면 육체적, 정신적으로 힘들다 보니
사소한 이유로 서로에게 날카롭게 대하는 경우가 종종 생긴다.
평소라면 아무것도 아니었을 사소한 한 마디가
처음에는 작은 불씨였다가
서로 지지 않고 팽팽히 맞서다 보면 큰 불이 되곤 한다.
돌이켜보면 작은 불씨는
작은 배려로 예방할 수 있는 것들이었다.

서로에게 작은 것이라도 고맙다는 표현을 하고
내가 힘들다면 상대방도 힘들 거라는 것을 인식하니
작은 배려들을 실천할 수 있었다.

그리고 나의 작은 배려로
내가 사랑하는 배우자가 조금 더 편할 수 있다고 생각하니
뿌듯한 감정도 들었다.

행복한 육아는
서로를 위한 작은 배려가 모여
만들어지는 것이다.

행복한 육아는 작은 배려가 모여 만들어지는 같다
엄마 조금 더 자게
아빠랑 밥 먹고 놀자
zzz
엄마는?
@드로잉오뉴

힘들지만 작은 배려를 통해서 고마움과 사랑을 느낀다
휴...
힘들었겠다
치우지도 못하고
급히 재우러 들어갔나 보네
1 2 3

생각해보면 아이가 없었을 때도
우리는 배려하고 사랑하며 아껴왔다

달라진 것은 우리에게
우리를 닮은 사랑스런 아이가 함께 할 뿐이다

육아는 늘 쉬운것이 없지만
서로에게 배려하고 고마운 마음을 표현함으로써
힘들지?
늘 고맙고 사랑해
자기도 늘
고맙고 사랑해

육아 일상 속 힘듦의 무게가 줄어든다
앞으로도 우리 서로 배려하고 힘이 되어보자

부모가 되길 잘했어

오랜 연애가 증명하듯 우리는 서로를 많이 사랑했다.
보통의 연인처럼 가끔은 싸우기도 했지만
서로를 정말 많이 아꼈다.
연애시절부터 나는 아내가 힘들지 않았으면 해서
내가 대신해 줄 수 있는 일이라면 뭐든 다 해주고 싶었다.

아내는 한결같이 날 사랑해 주었고,
내가 무언가를 향해 달려갈 때마다
가장 큰 응원을 주었고 버팀목이 되어 주었다.
10년이 넘은 시간 동안 서로를 향한 마음이 작아지지 않았고
앞으로도 그럴 것 같았다.

그래서 우리는 결혼을 했고
아이 없이 둘 만으로도 충분히 행복했다.
오래 연애를 했지만 둘이서만 사는 집에서
함께 있는 모든 시간이 새롭고 즐거웠다.

그런 우리가 생각을 바꿔 부모가 되었고
새로운 삶이 시작되었다.
하지만 아이를 키운다는 것, 부모가 된다는 것은
생각보다 정말 어렵고 힘들었다.

간혹 내가 힘들고 지치면 연애할 때처럼
서로를 생각하는 마음은 사라지고 날카로워지기도 했지만
연애할 때처럼 서로를 생각하고 배려하고
이야기를 들어준다면
아무리 힘들어도 우리는 이겨낼 수 있고
"부모가 되길 잘했어!"라고
서로에게 말해줄 수 있지 않을까 생각했다.

우리는 조금씩 진정한 부모로 성장하고 있는 것 같다.

우리는 서로 사랑하였고
@드로잉오뉴

아껴주며 뭐든지 함께 했었어
보고 싶었어
나도!

그래서 우린 결혼을 했고
둘만으로 충분히 행복했어

연애 때보다 더 많은 시간을 함께 할 수 있어 좋았고
두 손을 잡고 함께 나아가는 모든 길이 좋았어

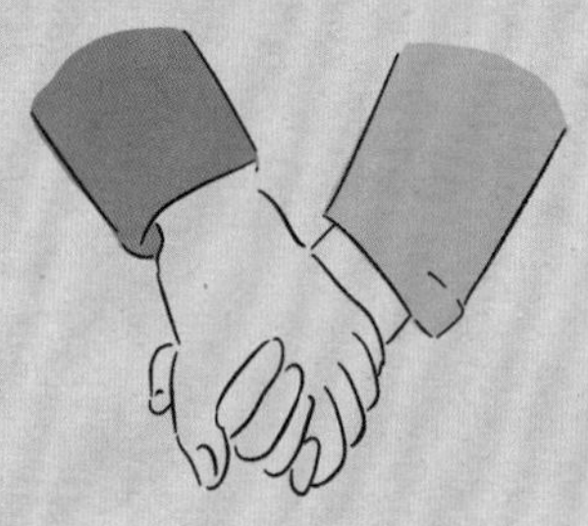

그런 우리가 부모가 되었어
우리 아이 태어난 그 날은 평생 잊지 못할거야

아이를 키운다는건, 부모가 된다는건
정말 어렵고 힘들지만

연애 때 마음처럼 서로를 더 생각하고
내가 밥 먹이고
놀아주고 있을게
힘들었지?
방에 들어가서
조금 자다가 나와요
자기도 일 다녀오고
힘들텐데...
고마워요

헤어지고 아쉬워 오랜 시간 통화했던 그 때처럼
서로의 이야기를 들어준다면
오늘 정말 힘들었어..
자긴 어땠어?
아.. 그랬구나..
정말..힘들었겠다
괜찮아
우리도 부모는 처음이잖아

아무리 힘들어 지쳐도 우리는 이겨내고
"부모가 되길 정말 잘했어"
라고 말하지 않을까?
아빠되길 잘했지?
엄마 되길 잘했지?

chapter 5.

위로를 전하다

한 마디

세상 모든 부모들의 육아 환경은 모두 다를 것이다.
또 겉으로는 알 수 없는 부부만의 속 사정도 있을 것이다.
하지만 분명한 것은 육아는 함께 하는 것이다.
아내와 남편이 한 팀이 되어서 모든 것을 공유하고
함께 고민해서 슬기롭게 힘든 육아를 헤쳐나가야 한다.

그래야 육아의 힘든 점을 서로 이야기하며 이해할 수 있고,
서로에게 진심을 담은 위로 한 마디를 전해줄 수가 있다.

이 사소한 한 마디는 그 어떠한 것보다 서로에게 큰 힘이 되어줄 것이다.

우리의 삶은...
늦었다!
잠깐만..
피곤하다.
책 읽어줘!
@드로잉오뉴

우리의 하루는...
잠깐만 기다려...

아이가 생긴후 달라졌다
이게 보고서야!?
다시 써!
죄. 죄송합니다..
으아앙~
휴.. 나도 울고싶다

생각보다 힘들고
오늘 야근해야 할 것
같은데...
타닥
타닥
밥 먹자~

고단한 하루의 연속이지만

서로를 생각하고 고마움을 느끼며

오늘도 육아하느라 고생했어
들어가서 쉬고있어
늦어서 미안해
휴..
일 때문인데 뭐...

진심을 담은 서로의 한 마디가
큰 위로가 되어준다
고마워
내가 재울게
자기도 일하느라 힘들었지?
고생했어

아이는 알고 있다

아이는 생각보다 많은 것을 느끼고, 알고 있다.
완벽하게 이해하진 않더라도
집의 분위기가 어떤지
엄마 아빠의 기분이 어떤지 알고 있다.

아이는 부모의 얼굴, 표정을 자세하게 본다.
표정이 조금만 달라져도 눈치를 채고
왜 그런지 이유를 파악한다.

한 번은 아내가 해결되지 않은 근심으로
소파에 앉아 걱정 가득한 표정으로 있으니
온유는 놀아달라며 보채지도 않고
조용히 앉아서 블록 놀이를 하면서
이따금 엄마의 얼굴을 쳐다보았다고 한다.
그러더니 말없이 다가와 안아주었다고 한다.
어린 아이라 모를 것 같지만 아이는 알고 있다.
그리고 우린 아이로부터 위로받는다.

숨구멍

우리 부부에게 아이가 없을 때만 해도
다른 부모들이 아이를 데리고 카페에 오는 게 이해가 안 됐다.
아이가 보채고 울면 달래느라 힘들어 보였고
또 사람들의 시선이 집중되는 것이 불편해 보이기도 했다.

그런데 아이가 생기고 직접 육아를 해보니 충분히 이해가 됐다.
집에서 매일 반복되는 일상이 굉장히 답답하게 느껴질 때
잠깐 밖에 나갔다 오면 숨통이 탁 트이는 기분을 느낀다.
그래서 아이와 함께 외출하는 게 많은 에너지를 소비하고,
편하지 않다는 것을 알면서도 나간다.
답답해질 때쯤 잠시 들린 카페에서 평범하게 주문하고
사람들 사이에서 차 한잔을 하는 그런 평범한 일상이
짧더라도 숨통 트이는 구멍이 된다.

머무를 수 있는 시간이 5분이 될 수도 있고 10분이 될 수도 있지만
그 짧은 시간이 우리에게 재충전할 수 있는 시간이 되어주는 것 같다.

아이가 없었을 때는 아이를
데리고 카페에 오는 것이
이해가 되지 않았다
으아앙
불편해 보였고
힘들어 보였다
@드로잉오뉴

아이가 생기고 육아를 해보니 이해가 간다
매일 반복되는 일상 속에
날씨가 좋네
우리 나갔다 올까?
응! 나가자!

답답해질 때쯤 잠시 들린 카페에서
Coffee
우리 잠깐
들어볼까?

이전처럼 평범하게 주문을 하고
아메리카노
카페라떼
카페모카
아메리카노
따뜻한 거 주세요
네~
많이
추워졌네요

짧더라도 평범한 일상속 사람들 사이에서
보내는 이 시간이 숨구멍이 되고
리프레쉬가 된다는것을…
가자고?
그래 그럼 다시
힘내서 가보자~
가자!
나가자!

당신의 하루

가끔 외출해서 길을 걷다가 아내가 이런 말을 한다.
"가끔 아이가 없고 젊은 사람들이 부러울 때가 있어."
매일 쳇바퀴처럼 반복되는 육아 일상과
경력 단절된 자신의 삶에 대하여 많은 생각이 든다고 한다.

그런 아내에게 이렇게 말해주었다.
"지금 자기의 하루는 매일 하루하루가
의미로 가득하고 빛나는 시간이야"

아이를 위해 본인 끼니는 제대로 챙기지 못하면서
매일 삼시 세끼를 준비하고 재미있게 놀아주려고 노력하며
아이의 성장 발달을 끊임없이 걱정하고,
본인은 아파도 쉬지 못하지만
아이가 아프면 한걸음에 병원으로 달려가며
매일을 고군분투하는 아내의 하루는
무엇 하나 중요하지 않은 것이 없다.

가끔 길을 가다 젊고 아이가 없는 사람을 보면
부럽고 나 자신의 삶에 대해 많은 생각이 든다

아니요, 당신은 아이를 위해 삼시 세끼를 준비하고

고군분투하며 밥을 먹이고

하루 종일 놀아주고 치우고 또 치우고 .. 치우고 ...

힘든 외출 준비 후에 궂은 날씨를 뚫고

아이가 조금이라도 아프면 병원으로 달려가고
소아과

아파도 쉬지 못하고 약으로 버텨가며
몸살·두통

잠투정하는 아이를 업어 재우고

자신의 끼니는 제대로 못 챙겨가며
육아를 하는 당신의 하루는

당신의 매일은 의미로 가득하고 빛이 납니다
@드로잉오뉴

부모는 위대하다

사람은 작은 변화에도 많은 생각을 하기도 하고 흔들리기도 하는데
아이가 태어나면 크고 작은 변화를 수없이 맞이하게 된다.
그 변화에 흔들릴 틈도 없이 부모는 반드시 빠르게 적응해야 한다.

아이가 태어나기 전엔 나 조차도 제대로 챙기지 못하는
부족한 사람이라고 생각했는데,
그런 내가 한 아이의 인생을 책임져야 한다는 것에 큰 부담을 느낀다.
부모는 아이가 태어나면 많은 것들은 포기해야 하고
몸이 두 개여도 부족할 만큼 많은 것들을 추가해서 살아간다.

그리고 육아는 목적지가 정해지지 않은 긴 여행처럼 느껴진다.
이 여행은 설레기도 하고 행복하지도 하지만 때론 두렵기도 하다.
평소 같았으면 목적지 없는 여행은 가지도 않았을 테고
새로운 곳을 탐험하는 것보다는
익숙한 곳을 더 좋아하는 우리지만
우리는 그 두려움을 이겨내고 꿋꿋하게 앞으로 나아간다.

아이에게 힘들고 슬픈 모습은 보이지 않으려 하고
비록 우리의 길은 더 험난 해질지라도
우리 아이의 앞 길은 우리보다 더 나은 예쁜 꽃 길이길 바란다.

육아를 하면 할수록 부모는 위대하다고 생각이 든다
버섯!
그래 맞아!
@드로잉오뉴

작은 변화에도 많은 생각이 들기 마련인데 아이가 태어난 후
우린 수많은 변화를 생각할 틈도 없이 적응해야 한다
하루종일 아기를 돌보는 게 이렇게 힘들다니...
모든 것 새롭고 걱정되고 잘 모르겠어...
언제 여유가 생길까...
언제 쉬지...
매일 이렇게 스펙타클 하다니...
일하고 또 육아출근 하고
언제 여유가 생길까...
언제 쉬지...

나 스스로도 부족함이 많은 사람이라서 한 아이의 인생을
별탈없이 건강하게 키우는 것만으로도 큰 책임감을 느낀다

왜 이렇게
열이 안 떨어질까...

엄마...

응급실에 가야하나...

매일의 일상이 수면 부족과 걱정으로 함께 하고 부모는 아이를
위해서 무언가를 포기하고 추가한다
꾸벅
꾸벅
아내가 아직 복직하기는 힘들고...
내가 다른 일을 해야되나...

그리고 정답이 없는 육아는 목적지가 정해지지 않은
긴 여행처럼 느껴지기도 한다

이 여행은 설레기도 하고 행복하기도 하지만
때론 두렵기도 하다
괜찮을까...?
저기 한번 가볼까?
저긴 안전하겠지?

하지만 이 두려움을 이겨내고 꿋꿋하게 앞으로
나아가는 것이 부모 같다
엄마가 평생 지켜주고
사랑할게…
엄마 사랑해~

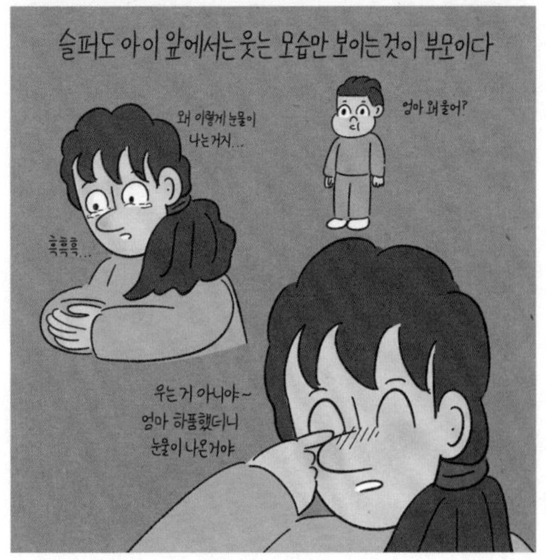
슬퍼도 아이 앞에서는 웃는 모습만 보이는것이 부모이다
왜 이렇게 눈물이
나는거지…
흑흑흑…
엄마 왜 울어?
우는거 아니야~
엄마 하품했더니
눈물이 나온거야

유치원, 학교...
교육비...
힘들어도 우리 아이의
앞길은 꽃길만 있기를
바라며 최고로 키우고
싶은 것이 부모이다
지금보다 더
열심히 살자...

이 세상 모든 부모는 위대하다.

212 · 213

chapter 6.

너에게 하고 싶은 말

너의 존재감

병원에서 퇴원해 아이와 집으로 온 첫날의 기억이 아직도 생생하다.
그로부터 약 4년의 시간이 흘렀고
여전히 우리 집은
아이에 의해서, 아이를 중심으로, 아이를 위한 시간으로 돌아간다.

집안 곳곳, 주방, 거실, 화장실 등
모든 공간에 아이의 물건이 있다.
주 공간인 거실은 아이 물건으로 뒤 덮여있을 정도이다.
아내와 나의 대화의 주제는 거의 아이에 관한 이야기고
모든 스케줄의 우선순위는 아이가 가장 먼저이다.

우리 부부는 아이 때문에 웃고 우는 시간이 많아졌다.
또 아이가 아프기라도 하면 초긴장 상태가 된다.
아이를 키우면 아이 때문에 힘들지만 또 아이 때문에 행복하다.
이제 아이 없이는 집도, 물건도, 시간도,
심지어 우리도 제대로 존재하지 않는 느낌이다.
그만큼 우리 아이의 존재감은 상상할 수 없을 만큼 크다.

엄마 아빠가
느끼는 우리 아이의
존재감.

" 우리 집은 너로 가득해 "

고마워

결혼 후
딩크족으로 살자고 제안한 것도 아내였고,
시간이 지나고 아이 한 명 정도는
가져도 좋을 것 같다고 생각을 바꾼 것도 아내였다.

아내는 아이를 그렇게 좋아하지 않았지만,
지금은 한 아이의 엄마가 된 것을 너무나 감사해하고 있다.

임신을 하고 아기를 낳아
한 아이의 엄마가 됨으로써 알게 된 모든 것이 감사하고
우리에게 와준 아이에게 고맙다고 한다.

그래서 아내는 항상 아이를 안아주며 말한다.
"엄마 아이로 태어나줘서 고마워."

엄마 아이로 태어나줘서 고마워

조금만 천천히

아이가 커갈수록 투정을 많이 부리고,
점점 떼를 많이 쓰고,
편식이 심해 밥 먹이기도 힘들어도
이런 생각을 많이 한다.
"건강하게만 커줘도 너무 감사하다"

아이가 열감기라도 오는 날이면
나와 아내는 며칠 동안 긴장하며 열보초를 선다.
어디라도 부딪히고 넘어져서 다치기라도 하면
아이를 업고 응급실로 달려간다.
아이가 아프면 엄마 아빠의 일상은 혼돈 그 자체이다.
그렇기에 아이가 아프지 않고 건강하게만 커줘도
너무 감사한 마음이 든다.

그리고 어느 순간부터
우리 아이가 매일 폭풍 성장하는 것처럼 느껴진다.
키가 크는 것은 물론이고

운동 신경도 빨라져 뛰는 모습부터 다르다.

또 화법, 표현력이 나날이 늘고 있어
"아니 이런 말을 할 줄 안다고?"
라고 생각할 때가 많다.
아이의 성장이 너무 기쁘다.

아이가 개월 수에 맞게 잘 크고 있으니 기뻐해야 하는데
너무나 빠르게 커 버리는 아이의 성장이
아쉽다는 생각을 할 때가 종종 있다.

아마도 작고 귀여운 우리 아이가 커가는 모습들이
다시는 돌아오지 않은 시간이고
엄마 아빠의 기억 속에 모두 담지 못하는 것은 아닌가 하는
아쉬움 때문인 것 같다.

"사랑하는 우리 아가, 조금만 천천히 커주지 않을래?"

"건강하게 커줘서 고맙고 사랑한다"

아이는 생각보다
빨리 큰다...

아쉽기도 해...
조금만 천천히 커줄래...

사실 그랬다

아내와 나는 평소 감정 컨트롤을 잘하는 편이라고 생각했는데
육아를 하다 보면 후회가 폭풍처럼 몰려올 것을 뻔히 알면서도
참지 못하고 아이에게 짜증을 낼 때가 있다.
짜증을 내는 것도 너무나 사소한 이유에서 나온다.

온유의 경우 편식이 심하고
특히나 고기에 대한 거부가 심해서
뱉거나 안 먹고 돌아다니려고 하면 짜증을 냈다.
사실 제대로 골고루 먹지 못해서 잘 크지 못할까 봐 걱정이 되어 그랬다.

또 장난치고 점프를 하거나 뛰어다니고
위험한 장난을 칠 때 큰 소리로 화를 냈다.
사실 소중한 우리 아이가 다치고 아플까 봐 그랬다.

그리고 외출할 때 신기한 것을 보면
순식간에 엄마 아빠 손을 놓고 가려고 하면 화를 냈었다.
사실 사랑하는 우리 아이를 잃어버릴까 봐 불안해서 그랬다.

사실 이랬다,

“아가. 짜증 내고 큰 소리로 화를 내서 미안해”

네가 밥을 안 먹고 뱉으면..그게 반복되면..
네게 짜증을 냈었어

네가 제대로 먹지않아서 잘 크지 못할까 봐
걱정이 되었어....

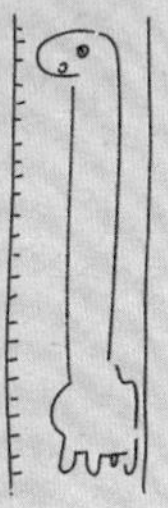

네가 뛰거나. 오르거나, 뛰어내리려 하면
네게 화내며 큰 소리를 냈지

소중한 네가 혹시나 다칠까 봐 그랬어

외출할 때 네가 손 놓고 따로 가려고 하면
화내며 큰 소리를 냈지
왜 자꾸
손 안 잡으려고 해!?
사람들 많을 때
밖에서 엄마 손 놓고
다니면 안 된다고 했지!
으아앙~

혹시.. 너를 잃어버릴까봐 불안해서 그랬어

마음은.. 사실 이랬어...
그래도 미안해, 큰 소리내서...

우리 아가, 엄마 아빠가 너를
사랑하고 또 사랑해

기억할게

부모가 되고 나서 정말 많은 것들을 참아내고 이겨내고 있는 것 같다.
그리고 아이를 위해 내 인생 통틀어 가장 열심히 살고 있다.
4년 넘게 제대로된 숙면을 한 날이 손에 꼽힐 정도이고,
48개월인 지금까지도
아이를 잘 키우기 위해 육아 공부에 전념이다.

건강하게 성장시키기 위해
영양상으로 문제없이 잘 먹이고
열이라도 높으면 잠도 못 자며
밤새 아이 곁을 지키고 있다.
집에서 쉬고 싶은 마음은 굴뚝같지만
아이에게 많은 것들을 보여주고 싶어서
피곤해도 여기저기 데리고 다니며 사진도 찍고 추억을 만들고 있다.

우리의 하루는 아이로 시작해서 아이로 마무리한다.
우리의 시간을 온통 아이에게 소비하고 있다.

하지만 아이는 대부분 기억하지 못할 것이다.
내가 그런 것처럼 많은 것을 잊을 것이다.
그래도 엄마 아빠의 마음은 전해져 남아 있을 것이다.
엄마 아빠가 기억하는 것으로도 충분하다.
나중에 우리 아이가 더 크면
아이와 함께한 기억을 이야기해주려고 한다.

잠도 잘 못자며 하루 종일 너를 안아 키우고

모르는 것이 많아서 너를 위해 공부를 해야했어

네가 아프면 아무것도 손에 잡히지 않았고

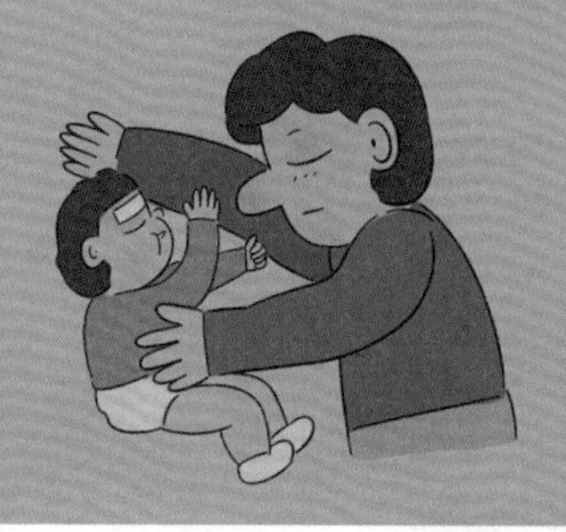

어느 순간에도 네 곁을 떠나지 않았어

네가 태어나 더 열심히 살아야 한다는
생각으로 힘내서 일하고 있고
타다 다닥

네게 보여주고 싶은 게 많아서 시간을 만들어 틈틈이
너와의 추억을 쌓고 있지

아마도... 엄마 아빠가 너를 이렇게...
이런 마음으로 키운 것을 전부 기억하지 못하겠지?

그래도 괜찮아.
너의 모든 걸
우리 아기 너무 예쁘지?
그럼~ 우리 아기잖아!

"엄마 아빠가 기억하는 것으로 충분하니까"

@드로잉오뉴

안아줄게

그동안 온유를 키우는 동안 느꼈던 것 하나가 있다.

아이가 안아달라는 순간은 정말 체력이 다해서 일 때도 있지만
안정감을 느끼고 싶은 때인 것 같다.
부모의 품에 안겨있을 때
가장 편안함을 느끼고 심리적으로 안정감을 갖는다.
아이가 어느 정도 성장하면 안아달라고 하는 횟수가 줄기는 하지만
여전히 불안감을 느끼거나 안정감이 필요할 때 안아달라고 한다.

아마도 아이는 앞으로 살아가면서 여러 일들을 겪을 것이고
실패도 경험하면서 후회, 좌절, 슬픔과 같은 감정도 느끼게 될 것이다.

난 그때마다 아이를 힘껏 안아줄 것이다.
우리 아이가 힘들고 불안하면
언제나 안아줄 수 있는 부모가 되고 싶다.

언제든지 힘들면 말하렴
네가 힘들지 않도록 안아줄테니.

기다릴게

육아는 기다림의 연속이다.
아이의 개월 수에 따라 성장 발달을 기다려야 한다.
아이들의 성장 속도는 저마다 다르지만
부모는 개월 수에 맞는 발달 정도를 기대하며 기다린다.
언제 걸음마를 할지,
언제 말을 할지,
언제 스스로 밥을 먹을지,
언제 한글을 뗄지 등을 언제나 기다린다.

수많은 기다림 중
우리 부부가 가장 어려워하는 기다림이 있다.
바로 아이가 엄마 아빠와 헤어지고
다시 만날 수 없을 것 같은 두려움을 이겨내는 것이다.

사실 가정 보육을 오래 하다 보니
온유는 엄마 아빠와 가장 오래 떨어져 본 게 2~3시간 정도이다.

잠깐 중요한 볼일이 생겨
부모님이 집에 오셔서 맡아주신 몇 번이 전부이다.
그 이상 넘어가면 울고불고하며 엄마 아빠를 애타게 찾는다.
그래도 40개월 이후부터는
헤어져도 다시 만날 수 있다는 것을
책과 엄마 아빠의 말을 통해서 많이 이해한 것 같다.

앞으로 유치원에 가게 될 것인데,
온유가 엄마 아빠와 헤어져도
다시 만날 수 있다는 것을 확실히 배우고 느끼길 기대하고 있다.
또한 엄마 아빠도 우리 아이가 씩씩하게
엄마 아빠 없이도 선생님, 친구들과
잘 지낼 수 있기를 기대하며 기다리고 있다.

사랑하는 아가!
"엄마 아빠도 언제나 너를 기다리고 있을게"

난 엄마와 늘 함께였어요

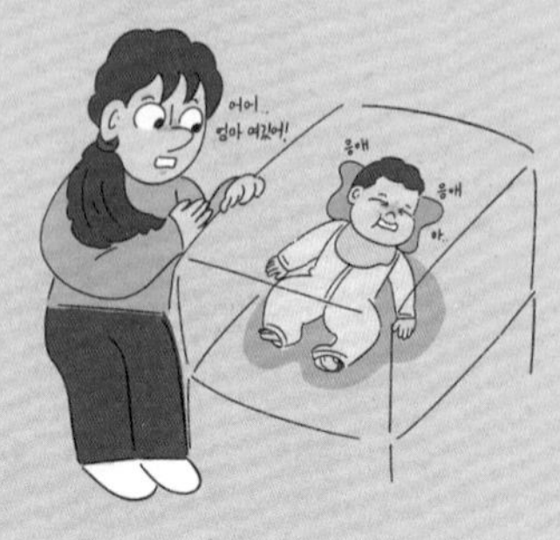
세상에 태어나서도 난 늘 함께 있고 싶었죠
어어..
엄마 여깄어!
응애
응애
아..

눈에 안 보이면 울음이 나왔고 불안했어요
엄마
엄마
엄마
엄마...
어디떠?

그래서 엄마 아빠는 나를 껌딱지라고 불러요
에고~
엄마 껌딱지네
엄마... 옆에
딱 붙어 있을거야
헤헤..

하지만 계속 함께 할 수가 없었고
나는 이해할 수 없었어요
엄마 어디가? 가지마!
안돼!
가지마!
흑흑
으앙~
엄마
병원 금방 다녀올게

그래도 이제는 조금씩 알아가고 있어요
왜 나와 잠시 떨어져야 하는지를...

헤어져도 다시 만날 수 있다는 것을..
"엄마, 헤어져도 다시 만나는 거지?"
잘 기다릴게
빠빠이
ⓒ드로잉오뉴

태어난 순간부터

우리 아이는 태어난 순간부터 모든 것이 소중했다.
그래서 우리는 아이에게 우주 같은 존재가 되어주고 싶었다.
평소 우주에 대한 관심이 많던 아내의 표현이었고,
끝이 없는 무한한 사랑을 주고 싶은 의미였다.

아이를 키우면서 느낀다.
아이는 이미 태어난 순간부터 우리에게 우주였음을.

넌 태어난 순간부터 소중했어

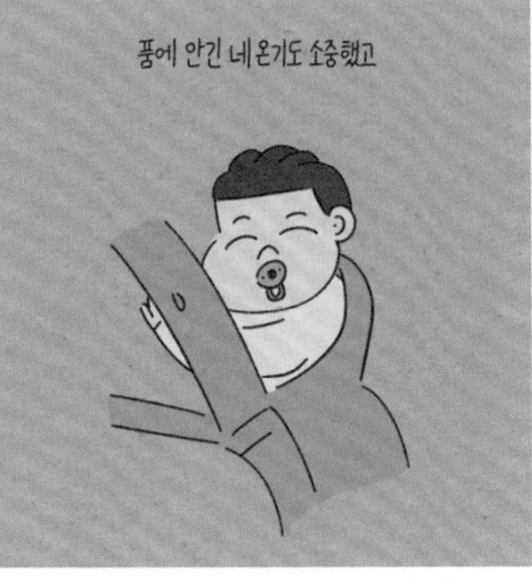
품에 안긴 네 온기도 소중했고

엄마 아빠를 바라보는 네 눈빛도 소중했어

너와 나누는 매일의 인사도 소중하고

네 웃음은 모든 것을 잊게 해줄만큼 소중해

"너는 세상에서 가장 소중한 존재란다"
사랑해 우리 아가

너는 태어난 순간부터 우주였음을...

@드로잉오뉴

매일을 사랑해

육아가 아무리 힘들어도
매일 건강하게 잘 커 주는 것만으로
정말 고마운 아이

매일 몸이 자라고,
매일 생각이 자라고,
매일 새롭게 도전하고,
매일 사랑이 커지는
"너의 매일을 사랑해"

우리아이의 매일을 사랑해
잘 커주는 것만으로도
고마워
@드로잉오뉴

chapter 6.

온유가 말하다

온유의 말

온유는 말이 조금 늦은 편이었다.
두 돌까지도 말할 수 있는 단어가 10여 개여서 걱정을 많이 했었다.
영유아 검진에서도 언어 발달 지연이라 걱정을 많이 했는데
다행히도 29~30개월이 되니 언어 능력이
하루가 다르게 폭발적으로 늘었고,
다달이 말이 늘면서 생기는 재밌는 에피소드도 생겨났다.

발음 때문에 다소 욕같이 들리는 단어도 있었고
비슷하게 말했지만 의미가 완전히 다른 경우도 있었다.
온유의 의도치 않은 말실수(?)는
우리를 당황스럽게 하고 웃음을 주었다.
또 아이가 스스로 느끼고 생각하며 말하는 말들이
감동으로 다가올 때가 있어 종종 마음을 울린다.

아이가 성장함에 따라 발음은 점점 정확해지고
놀라운 문장 구사력을 보여 준다.
아이의 성장이 대견스럽기도 하지만 빠르게 커가는 모습이 아쉽기도 하다.

김치부침개 잘 뒤진다

김치부침개를 한참 부치고 있었는데

오뉴가 한참을 바라보고 있었다

살짝 더 오버액션을 더해 보여줬는데…

아빠 잘 뒤진다!

아빠는 놈팽이

며칠 전 오뉴와 외출하려고 엘레베이터를 탔는데

*실제로는 마스크 착용중.
ⓐ드로잉오뉴

오뉴가 아빠를 빤히 쳐다보더니..

해맑게 이렇게 말했다

오뉴야...

내..내가
놈팽라니..
그리고
"입었네"를
붙여야지!!
하하하
하하..
아~~
아빠가
롱패딩
입었다고?
롱패딩!
이라고!!
롱~~~
패딩~
우와
길어~
응!
놈팽이!!
*실제로는 마스크 착용중.
@드로잉오뉴

아빠! 치질 있어?
치질
말이야
@드로잉오뉴

집에 놀러온 오뉴 할머니
!!!
있다고?
응, 있어
치카치카~
아~~
ⓒ드로잉오뉴

뭐?
오뉴아빠 치질이니?!
그림그리고 책 쓴다고 오래 앉
아서 그런거 아니니?
그거 참으면
치질?
누가?
ⓒ드로잉오뉴

치실

아빠 엉덩이 귀욥따

아이에게 지금까지 이런 말을 자주 했었는데

언젠가부터 따라하기 시작했다

그런데 문제는...
아빠! 엉...
응 왜?
@드로잉오뉴
엘리베이터 안

어.. 엉덩..
서.. 설마?
안돼..
오..뉴야
@드로잉오뉴

장소를 따지지 않고 말하는 거다...

바람이 선물로 두고 갔나 봐

오뉴가 선루프 위에 놓여져 있던 나뭇잎을
보고 말한 것이었다

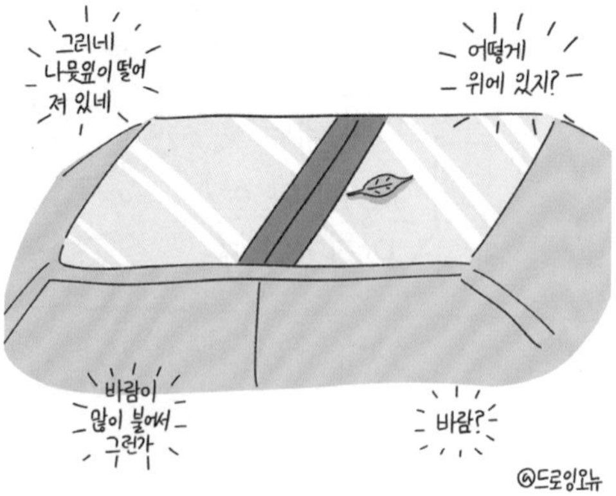

"바람이 선물로 두고 갔나 봐"

@드로잉오뉴

아빠 친구 문어야

마트 수산 코너에서..

오징어랑 문어가 아빠 친구(?)들이라고 아는 오뉴때문에

마트 수산 코너를 도망치듯 축지법(?)으로 지나가고 있다

그런데 자주가는 국립생물자원관에
으스스 뼈 박물관이 있는데

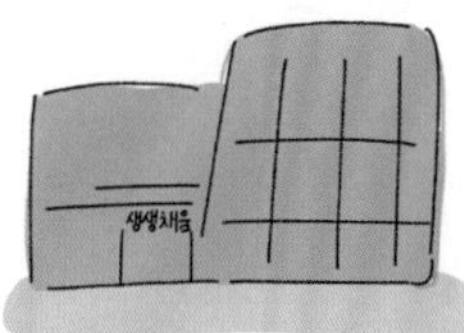

그 곳에 있는 문어를 본 오뉴가...

니가 왜 거기서 나와...

또 외쳤다... 그 날은 사람이 많았다....

엄마는 화장 안 해도 예뻐

오뉴맘이 한참 화장을 하고 있는 모습을
오뉴가 보더니

오뉴가 엄마에게 말했다

그래.. 맞아..
요즘 정신 교육이
뜸했지?
이리와!
ⓒ드로잉오뉴

뭔가 잘못 되었다...
덜
덜
덜
주르륵
주르륵
ⓒ드로잉오뉴

엄마가 지글지글 되는 거 싫어

엄마가 오뉴를
낳은 거처럼 할미가
엄마를 낳은거야
정말이야~
사람은 모두 늙는거야!
아빠도
늙어~
엄마도 나이를
먹으면 할머니처럼 머리도
하얗게 되고 주름도 많아져!
ⓒ드로잉오뉴

오뉴는 엄마가
지글지글 되는 거 싫어
할미보고
지글지글 이라니!!
너도
60년 늙어 봐라
할미
되는거
금지!
어떻게
엄마가 할미가
될수 있어!?
ⓒ드로잉오뉴

엄마가 할머니 되면
싫어? 왜?
응!
ⓒ드로잉오뉴

이유가 어쨌든 진심인 오뉴.
엄마가 할미
되면 오뉴는
누가 재워
줄꺼야?
할미
되면 안대
ⓒ드로잉오뉴

미안해요

응, 왜? 물줄까?
엄마
자자~
드로잉오뉴

맞아! 사과하는 건 용기있는 거지~
사과하는 건 용기 있는거야?
드로잉오뉴

사과해줘서 고마워~ 엄마가 조금 속상했었어
오늘 화 난다고 공 던지고 큰 소리내서 오뉴가 미안해요
드로잉오뉴

엄마 사랑해
쪽
쪽
드로잉오뉴

@드로잉오뉴

할미 집

며칠전 할미집에 놀러 갔었는데 오뉴가 이런말을 했다

할미~ 문 앞에 "할미집" 이라고 누가 쓴거야?
엥?
뭐라고? 문 앞에 그런게 써있다고?
할비가 쓴건가?
글쎄~ 누가 썼을까? (그냥 대답)
그리고 할미집 이라고 쓰여있을리가 없는데 말이지...
오뉴 아빠.. 혹시 오뉴가 한글을 깨우쳤는가?
무슨 소린지 원....
@드로잉오뉴

뭐라고 하는거지....(속 마음)

집에 가려고 할때 의문이 풀렸다

여기~ 할미집

소화전

독감 주사를 맞히려고 간 소아과는 우리뿐이었다

병원은 굉장히 조용했고
오뉴도 조용히 간호사분들을
바라보고 있었다
~조용
~조용~
@드로잉오뉴
그런데 간호사 한 분이 일어나셔서
움직이는 순간!
-접수-
@드로잉오뉴
오뉴가 이렇게 말했다...
엄마
엄마
쟤는
어디가?!
왜?
응!?
@드로잉오뉴
순간 정적이 흘렀다.....
쟤는 어디가!?
나?
@드로잉오뉴
"갑자기 그 말이 왜 나와..."
말 좀
해봐라!!
@드로잉오뉴
아니에요~
귀여워요
죄송합니다!
아직 존댓말도
잘 모르고...
꾸벅
꾸벅
부끄럼과 사과는
부모의 몫이고
다행히도
분위기는 좋았고
감사했다.
하하하
하하
호호
친구라고
생각될 만큼
어리게 봐줘서
고맙다!
@드로잉오뉴

할아버지 할머니가 안 되었으면 좋겠어

약속할게....
@드로잉오뉴

오늘도 재밌게 놀아줘서 고마워요

ⓒ드로잉오뉴

ⓒ드로잉오뉴

ⓒ드로잉오뉴

엄마.. 있잖아
응.. 왜? 책도 읽었잖아 ~
빨리 자~
엄마도 쉬게..
ⓐ드로잉오뉴

재밌었어? 그랬구나.
오늘도 같이 재밌게 놀아줘서 고마워요
응, 아주 많이
ⓐ드로잉오뉴

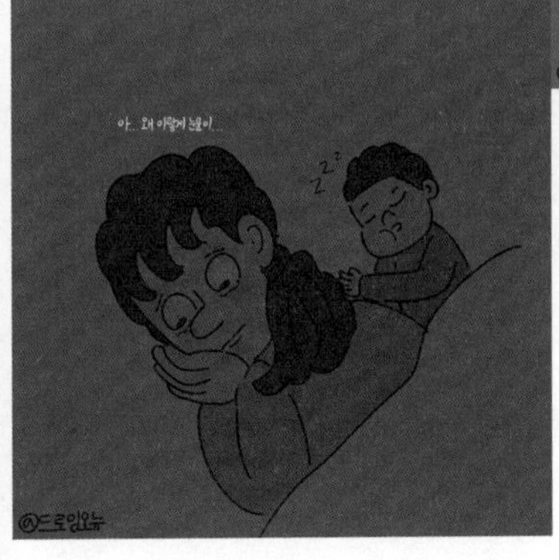
아.. 왜 이렇게 눈물이...
ⓐ드로잉오뉴

오뉴가 손에 무언가 들고서 오뉴맘 앞으로 왔다

뭐가 들어 있을까요?
알아맞춰 보세요~~
@드로잉오뉴

돈이야!
이 돈으로 엄마가 좋아하는..
립스틱 사!
@드로잉오뉴

그런데
무슨돈이지?
엄마가
립스틱 좋아
하지~
혹시 오뉴
가방에 할미가
따로 넣어둔..?
@드로잉오뉴

얼마...?
이거 줄게!
립스틱 사!
@드로잉오뉴

고..맙..다
우..와..
하하하..
@드로잉오뉴

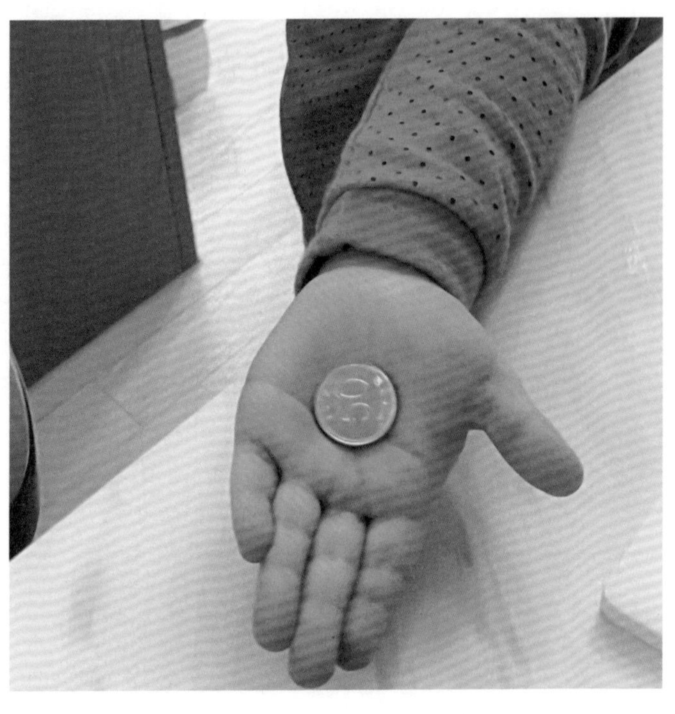

늘어난 흰 머리카락을 보며 울적해 보이는 엄마를 보더니

"엄마 안 늙었어! 너무 예뻐"

chapter 7.

드로잉오뉴의 육아팁

1. 배앓이 줄이기 작전!

온유는 배앓이가 심한 편이었다.
분유를 먹이고 나면 트림을 시켜야 하는데,
여러 가지 방법을 동원해도
트림 시키는 게 여간 어려운 게 아니었다.

처음에는 일반 젖병, 일반 분유를 사용하다가
배앓이를 줄일 수 있는 제품들이 있는 것을 알게 되서
배앓이에 도움이 되는 제품들로 바꾸고 나니
확실히 배앓이를 줄일 수 있었다.

젖병 같은 경우에는
유리 소재로 된 제품이 무겁긴 하지만
여러모로 더 만족도가 높았다.

배앓이가
너무 심하네
어떤 방법이
있을까?
분유가 소화가
잘 안되서 그런가...
응애-!
으~앙
이런게
있었구나?
분유
배앓이 방지
젖병
배앓이에
좋은 분유

2.

열이 났을 때 대처법!

아기가 세상에 태어나면 거쳐야 할 예방접종의 종류가 정말 많다.

온유 같은 경우에는 접종을 할 때마다 접종열이 났다.
짧게는 하루, 길게는 2~3일 동안 앓는 경우도 있었다.
그렇기 때문에 아이가 있는 집은 해열제를 종류별로 구비해야 한다.

용량의 차이일 뿐
돌 이전 아기부터 먹을 수 있는 제품들이 있고
열이 잘 안 내릴 경우에는
교차 복용이 가능한 성분이 다른 해열제를 구비해 두는 것이 좋다.

그리고 옷은 시원하게 입히고, 양말은 신겨두는 것이
도움 되는 것으로 알고 있다.
손수건을 찬 물이 아닌 미지근한 물에 적혀
아이의 몸을 닦아주고
열 냉각시트를 이마와 등 부위에 붙이면 도움이 된다.
마지막으로 온도체크 어플을 통해 체온 기록을 해주면 된다.

그럼에도 열이 잘 내리지 않는다면
응급실을 가야 할 것도 대비를 해야 한다.

아기 있는 집은
전용 해열제를 항시 구비
해둬야 안심이 돼요
이부프로펜
아세트아미노펜
덱시부프로펜
성분 별로 구비하는
것이 좋고 어떻게 교차 복용이
가능한지, 얼마나 복약해야 하는 지
약사 님과 정확히 상담 받으세요
머리 열 나니까
잠깐 하고 있자~
알겠지?
냉각시트지
아빠!
이거 떼고 싶어
이거 싫어
느슨하고 편안한 옷
양말 신고 있기
양말도
벗을래~

3.
어떻게 놀아줄지 모르겠다면 전집 추천!

초보 엄마 아빠에게는
아이를 재우고 먹이고 씻기는 것만으로
하루 일과를 가득 채운다.

그런데 아이가 성장함에 따라
무엇을 해줘야 할지 어떻게 놀아줘야 할지 생각하기가 어렵다.

그럴 때면 장난감, 교구, 책 등이 한꺼 번에 있는 전집을 추천한다.
개월 수에 맞게끔 단계별로 구성되어 있으니
편하게 충분히 놀아줄 수 있었다.

단계 별로 어떤 차이점이 있는지 파악하고 나면
비슷한 수준의 다른 제품들도 찾기가 쉽다.

아니 이 커다란 박스 안에 들어 있는게 뭐야?
이 안에 개월 수에 따라서 단계 별로 필요한 책이랑 교구 그리고 장난감까지 들어 있대!
이거보면 개월 수 마다 뭘 해줘야 할지 감이 올거야!
오호.. 그래?
전집

4.

아이 말 트이기

온유는 24개월까지는 할 줄 아는 단어가 엄마, 아빠 외 몇 개 없었다. 영유아 검진에서도 언어 발달 지연이 있었기 때문에 걱정이 많았다.

그래서 두 돌이 되었을 때쯤부터 책을 평소보다 2배로 읽어주었다. 또 간단한 놀이를 반복적으로 하면서 말을 해야 하는 것을 강조하기보다는 자연스럽게 할 수 있게 하였고 동요를 상시 들려주었다.

그렇게 하고 나서 3~4개월 후 온유의 말이 폭발적으로 늘었다. 그전까지만 해도 말할 줄 아는 단어가 10개 이하였지만 30개월쯤에는 2~3개 단어로 문장을 만들고, 그래서, 그리고 등 접속사를 사용할 줄 알게 되었다.

아이의 언어발달은 특별한 방법보다 엄마 아빠의 말로 자주 이야기하고 들려주는 노력이 필요하다고 느꼈다.

어..?어... 개구리는..그러니까..연못에서
아빠! 아빠? 읽어! 빨리

5.
머리 감기기

'머리 감기는 게 뭐 큰일이야?'
이런 안일한 생각을 했었다.

한 20개월 까지는 신생아처럼 안아서 감기다가 점점 무거워져서, 이후부터는 헤어 캡을 이용하여 머리를 감겼다. 그런데 헤어 캡이 불편하다고 머리를 감길 때마다 울음을 터뜨렸다. 한 번은 4살 정도 되었을 때 헤어 캡을 하고 머리를 감기다가 헤어 캡이 살짝 벌어져 눈에 샴푸 거품이 들어가 난리가 난 적이 있었다. 그 뒤로 3일 동안 머리 감는 것을 거부하였고 다른 방법을 찾아야 했다.

그러다가 발견 한 제품이 바로 <샴푸 베개>이다. 높이에 따라 욕조, 세면대 등에 설치해서 사용하는 제품인데 우리 집의 경우 욕조랑 세면대의 높이가 애매해서 욕실 문지방에 설치하고 아이를 눕혀서 사용했다.

결과는 성공!
머리에 두르는 것 없이 편히 누워서 하니 온유가 안정감을 느꼈는지 거부감이 거의 없었다. 그 뒤로 5살이 된 지금까지 계속 사용해오고 있다. 헤어 캡 자체를 싫어하는 아이에게는 정말 좋은 제품 같다.

으아아앙
머리 안 감아

6.

이 닦기

육아하면서 힘든 것을 하나 꼽으라면 바로 양치를 시키는 것이다.
24개월 정도부터 양치를 안 하겠다고 완강히 거부 했는데
우리가 해본 것 중 가장 좋은 방법이 아빠나 엄마가 누운 상태에서
아이를 가슴 위에 눕히고 하는 것이었다.
누워서 하면 입 안이 더 잘 보이기도 하고
앉아서 할 때보다 아이가 덜 불안해한다.

36개월 이후부터는 앉아서 곧 잘하였고
40개월 이후부터는 스스로 60~70프로는 할 정도로 발전해서
마무리만 우리가 해주면 된다.
여기서 가장 중요한 포인트는 아이가 졸릴 때 하면 안 된다는 것이다.
졸릴 때 양치를 시도하면 안 하겠다고 요리조리 피하고
입도 잘 벌려주지 않고 짜증을 많이 낸다.

마무리로 치질 사용은 정말 필수인 것을 명심해야 한다.
특히 온유처럼 치아 간격이 딱 붙어 있는 아이들은
음식물이 끼면 잘 빠지지 않아 충치를 유발하기 쉽다.

다행히 온유는 48개월까지 충치 하나 없이 성장했다.

치카치카
타임 시작!
엄마가
빨리 할게!
빨리
끝내주세요!
자기야..
표정을 꼭 그렇게
해야돼?
으~아~
아~~~
으~아~
이빨 벌레들
진뚝 있다!!

7.

잘 안 자고 자주 깨는 아이 위한 팁

아기를 낳고 키우면 엄마 아빠는 통잠을 무척 기다린다.
우리도 신생아 때 수면 부족에 시달리며
통잠 자기를 간절히 기다렸지만 우리 온유는 자주 깨는 아이였다.
잠을 이기며 늦게 자기도 하지만
겨우 잠들어도 30개월 이전에는 3~4번은 자다가 깼다.
다시 금방 자면 다행인데 깨서도 다시 잠드는 데 시간이 걸렸다.

그래서 우리 부부는 우선 시간이 걸리더라도
항상 따뜻한 물을 채워 욕조 목욕을 시켰다.
기초체온이 높고 땀이 많은 아이여서
잘 때는 너무 두터운 실내복은 입히지 않았다.
특히 겨울에는 건조하지 않게 가습기로 습도 조절을 철저히 했다.

또 수면에 도움이 되는 영양제가 무엇인지 검색해서 꾸준히 먹였다.
영양제는 액상 형으로 된
마그네슘, 칼슘, 비타민D, 아연, 유산균을 꾸준히 먹였다.

이러한 노력 덕분인지 이후에는 잠드는 속도가 빨라졌고
1~2번 정도 자다가 깨긴 했지만 금방 다시 잠들었다.

아빠!
우리 거품 놀이 같이 하자
좋지! 아빠 손에 뿌려 줘 볼래!?
마신다~앙~
가습기 1
마그네슘 칼슘
철분제
아연 비타민D
가습기 2

8.

고기 싫어하는 아이 위한 요리법

온유의 이유식과 유아식
그리고 지금까지 아이 식사는
내가 도맡아서 요리해주고 있다.

온유는 고기를 싫어하는데 그중에서도 특히 소고기를 싫어한다.
맛이 싫다기보다는 구강 감각이 예민해서
씹을 때 질긴 것을 좋아하지 않는다.
하지만 소고기는 아이 성장에 꼭 필요한 식재료이기 때문에,
만약 온유와 비슷하다면 이 방법을 추천한다.

우선 소고기는 부드러운 살치살, 안심 부위나
샤브샤브 용으로 얇게 슬라이드 된 것을 사용하고,
먼저 굽거나 삶은 후 칼로 다져서 다시 요리에 사용했다.
믹서기에도 갈아보고 했지만 오히려 고기가 뭉쳐져 좋지 않았다.

이렇게 다진 소고기를 카레, 크림 리조또, 짜장밥, 주먹밥,
소고기뭇국, 소고기 전 등 어울릴 만한 요리에 전부 사용했다.

정성이 통했는지 온유는 점점 소고기를 먹기 시작했고
5살이 되면서 고기 씹는 맛을 조금은 느끼는 아이가 되어가고 있다.

고기를 어떻게 먹이지?
휴...
안 먹어
고기 시져!
퉤!
퉤!
고기를 구워 칼로 다지기
아주 가루로 만들겠어!
탁
맛있어요!!
소고기뭇국
소고기 카레
소고기 주먹밥
소고기 짜장밥
소고기 리조또

9.

변기 사용하기

온유는 가정 보육을 4년간 해왔고 기관에 다니지 않았기 때문에
변기를 사용하는 연습을 크게 강요하지 않았었다.
스스로 관심을 가질 때 가르쳐 주고
원할 때 사용하게 끔 교육하려고 했다.
3살 때 남아용 소변기와 변기를 집안에 장난감처럼 사다 두니
며칠 만에 변기에 소변을 보았고, 자연스럽게 팬티 입는 것까지 이어졌다.
그런데 팬티에 소변 실수를 몇 번 한 뒤 이전으로 돌아갔다.
완벽주의 성향을 지닌 온유가
팬티에 실수한 게 큰 충격으로 다가온 것 같다.
그런 아이에게 변기 사용을 강요할 수 없었지만
이제는 유치원을 다녀야 하기에 다시 변기 교육을 시켜야 하는
발등에 불이 떨어진 상황이 발생했다.

우선 어른 변기에 함께 사용할 수 있는 변기 커버를 사서
엄마 아빠와 같은 변기를 사용한다는 점을 강조했다.
그리고 변기에 일을 보는 것을 성공할 때마다 간식으로 보상을 해주었다.
처음 성공했을 때 환호하며 엄청난 박수와 함께 칭찬을 해주었다.
또 대변을 처음 성공했을 때는 더 큰 보상을 해주었다.
그렇게 온유에게 변기에 대한 기분 좋은 경험이 쌓이고 쌓여서
유치원 입학 5일 전, 변기사용을 완벽히 성공하였다.

변기에 쉬하면
엄마가 막대 사탕을
주 응가하면 TV
보여줄게
그럼
해볼 래!!
끙....
끙~
대견해!
우와~!
정말 대단하다
엄마 오늉
쉬랑 응가 같이
했어!

10.

소아과 예약하기

아기는 면역력이 약하기 때문에 소아과에 갈 일이 정말 많다.
그런데 최근 지역에 따라
소아과 대기 시간이 정말 많이 늘어난 느낌이고
특히 환절기에는 오픈런을 해야 할 정도로
소아과 진료 보기가 굉장히 힘들다.

어른들이야 대기시간이 길더라도
스마트폰을 하면서 기다리면 되지만
아이들은 긴 시간을 기다리기 어렵다 보니
보채고 떼를 쓰기도 한다.

그래서인지 몇 년 전부터
진료 예약을 하거나 미리 접수할 수 있는 어플이 생겨났고
이를 통해 미리 접수하고 갈 수 있는 병원들이 많아졌다.
병원에 가야 할 시간이 부족하거나
대기 시간이 길면 힘든 부모님들에게는 정말 편리한 서비스인 것 같다.

우리 부부도 알레르기성 비염이 있는
온유의 진료를 위해 편리하게 사용 중이다.

북적
북적
북적
북적
아니... 소아과에... 사람이 왜 이렇게 많아
○○소아과
·진료 예약
접수
앱으로 미리
접수도 되고 예약
도 할 수 있네!

chapter 8.

육아엔 무쓸모 전공

육아엔 무쓸모 전공

아내는 식품영양학과를 졸업했고 졸업 후 한때 이유식 회사를 다닌 적도 있다. 주변 사람들은 아내가 식품영양학과를 졸업했으니 요리는 물론 아이 이유식과 유아식을 정말 영양을 분석하여 잘 만들지 않냐고 물어본다.
하지만 아내는 요리 똥 손에 평소 과자와 생라면을 먹는 것을 좋아한다. 야채와 친하지 않고 탄수화물을 좋아한다. 그래서 결혼 후 요리는 내가 하고 있고 아이 이유식과 유아식을 거쳐 지금까지 아이 식사 역시 모두 내 담당이다. 아내는 종종 본인의 전공이 육아에 아무 쓸모도 없다고 우스갯소리로 말한다.

이러한 이야기를 SNS 올렸더니 반응이 폭발적이었다. 자신의 전공도 육아에는 아무 쓸모도 없다며 사연을 남겨주었다. 또 나와 아내를 포함 많은 분들이 서로의 사연을 보며 자신만이 그런 것이 아닌 것을 알게 되어 공감을 넘어 위로를 받았다.

우리와 같이 주변에서 열심히 육아를 하고 있는 분들의
"육아엔 무쓸모 전공" 사연을 모아보았다.

간호학과

"대학병원에서 중증 입원환자들만 봐서 조금만 아프면 큰 병 의심하고 ㅋㅋ 남편이 이상하다고 째려봅니다. ㅋㅋ"

건축공학과

“건축공학과 나온 아들 둘 아빠입니다. 머지않아 집이 무너질 것 같아요.”

ⓒ드로잉오뉴

경제학과

"경제학과 졸업했는데 합리적 소비는 개뿔.. 오늘도 핫딜 찾아 삼만리에 예쁜 아기 옷 보면 그냥 지르기 일쑤고.. 가계부는 오늘도..^^"

국악과

"국악 전공이라 어린이집에서 재능기부를 부탁해 동료들과 공연을 해주었는데,, 아들이 "엄마 왜 여기서 시끄럽게 해?"라고.. ㅎㅎ"

도예과

“도예과 전공입니다. 기저귀 속 따뜻한 흙은 아직도 적응이 안 되네요.”

무역학과

"마트 바닥에 눕는 아이.. 다른 곳에 수출하고 싶어요."

문예창작과

"일기에 울분을 토해내는 중입니다."

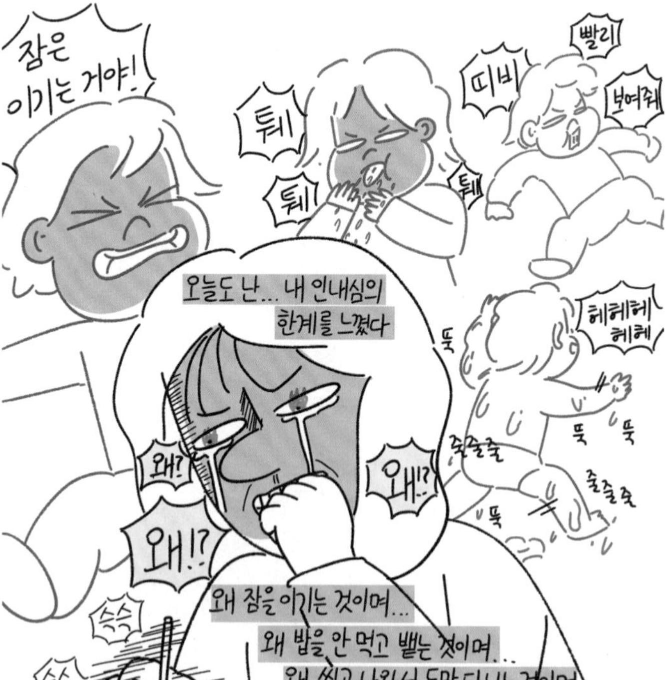

잠은 이기는 거야!
퉤
퉤
퉤
띠비
빨리
보여줘
오늘도 난... 내 인내심의 한계를 느꼈다
헤헤헤 헤헤
뚝
왜!?
왜!?
왜!?
줄줄줄
뚝 뚝
줄줄줄
뚝
왜 잠을 이기는 것이며...
왜 밥을 안 먹고 뱉는 것이며...
왜 씻고 나와서 도망 다니는 것이며....
슥슥
슥슥
슥슥
ⓐ드로잉오뉴

미용학과

"아기 머리 미용해 줄 때마다 추사랑 앞머리보다 더 짧아지네요.. 늘 비대칭.."

엄마…. 거울…..
거울 안 봐도 된다니까~ 예뻐~
울 애기 너무 귀엽다 ♡
하하하하..
탁
탁
머리카락은 금방 자라…..
ⓒ드로잉오뉴

법학과

"애가 때리고 머리카락을 당길 때마다
너 이러는 거 존속폭행이라고 외치고 있습니다."

불교미술사과

“새벽마다 깨는 아기 보다 보니 그냥 제가 보살이 되더랍니다..
멀리서 찾을 필요 없나니-”

학과 무쓸모 전공 11

생명과학과

"생명과학 화학 분야 전공했는데, 육아에 도움 되는 건 약 먹일 때 약 눈금선 맞추는 거요 ㅎㅎ 하도 메스실린더로 정밀한 양을 붓고 따르고 흔들고 하다 보니.. 그리고 분유 탈 때 가루 먼저 넣고 물을 나중에 부으면서 교반(?) 그래야 잘 녹는 느낌입니다ㅎㅎ 실험하듯 제조해요."

성악과

"성악전공인데.. 노래 불러주면 시끄럽다고 하지 말라고 하네요."

......
에휴... 시끄러워
엄마 조용히 해! 책 좀 읽자고
오~~ my baby~~
우리이이~ 애기이이~ 사랑해애애!
ⓐ드로잉오뉴

학과 무쓸모 전공

13

수학과

"수학과 나왔습니다. 제가 아는 숫자는 10까지밖에 없습니다.
'10까지 세기 전에 정리해..'"

학과 무쓸모 전공

14

스포츠학과

"전 스포츠학과 전공이지만 애랑 놀 땐 누워만 있습니다.

엄마 그때 다 놀아서 체력 없어…"

식품영양학과

"식품영양학과 전공했는데 탄단지 골고루 영양 맞게 균형적인 식사는 개뿔... 김에다 밥 싸서 줍니다."

무쓸모 학과 전공 16

신문방송학과

"20년 지방 살다 서울 와서 기자 준비한다고 표준어 쓰고 발음 교정했는데, 육아하면서 책도 많이 읽어주고 말도 많이 해줬는데, 말을 시작한 우리 아기..
'엄마 이거 멕여주세요(먹여주세요)' '엄마 맬치(멸치)' ㅠㅠ
서울 촌놈 아빠가 왜 우리 아이가 사투리를 쓰는지 모르겠다며.. ㅎㅎ"

무쓸모 17

심리학과

“심리학 전공입니다. 화를 낼 때마다 ‘아 이러면 안 되는데….’하고 더 많이 후회합니다. 알아서 더 괴로운 ㅠㅠ”

안경광학과

“안경광학과 졸업했습니다. 남들 눈 잘 보이게 하는데 도가 텄지만 정작 제 시각은 포기하고 삽니다. 엉망진창 집안 꼴은 절대 안 보입니다. ㅎㅎ”

유아교육과 1

"유아교육과입니다. 왜 애는 하원을 안 하죠…."

유아교육과 2

"유아교육과입니다. 잘할 자신 있는데.. 아기.. 아니 남편.. 아니 남친이 없네요.. 쥬륵.."

정말 부러워~
육아 정말 너무 힘들어.. 넌 전공자라서 좋겠다~
그래... 잘할 자신있는데...
애 한명은 너무 쉽겠지..
남친도 없어... 징..짜.. 짜랄..수 있는데
야..그런데 결혼을 해야지 남편도 있고 애도 있지...
흑흑흑..
ⓒ드로잉오뉴

유아교육과 3

“유아교육과입니다. 남의 애는 잘 보는데 내 애는 왜 못 봐요? ㅋㅋ(부글부글)”

서울의대

"맨날 수술방에서 찢고 째는 거 보지만
저희 아기 예방 접종할 때 같이 웁니다..ㅠㅠ ㅋㅋㅋ"

무쓸모

23

의용전자학과

"의용전자학과 나왔습니다. 집에서 뽀로로 주유소, 전동 자동차 등 소리 나거나 안에 전자기판 든 장난감들을 다 고치고 있습니다. 하하.. 망아지 같은 아들이 부수면 저는 그걸.. 집에 인두기랑 납이랑 다 있어요. 하하.. 이러려고 공대 갔나 싶지만 잘 써먹고 있습니다!"

작곡과

“작곡과 나왔습니다. 창작의 고통이요? 에이.. 엄마 굴 따러 백 번 갔다 와도 아기 안 자는 게 더 고통스러워요!”

안 졸려..
으앙!
인나쟈!
빨리 인나!
엄마가.. 섬그늘에... 굴 따러... 가면... 아기는 혼자남..으면... 안되는데..
굴 그만 따러 가고 싶다...
@드로잉오뉴

정치외교학과

“정치외교학과 출신입니다. 육아에 타협과 협상은 없고 아들에게 굴욕외교만 당하네요...ㅋㅋ”

엄마가 책도 많이 읽어주고 까까도 줬으니까 이제 자자...
약속... 했잖아...
퍽
시러
NO
휙
@드로잉오뉴

조리학과

"한·중·일·양 자격증 다 취득했습니다.
제가 만든 음식이 이렇게 외면당해 본 적은 처음입니다..ㅎㅎ"

나의 무쓸모 전공 27

치위생과

"치위생과 전공했습니다. 근데 우리 아기 이 닦이는 게 세상에서 제일 어려워요!!"

무쓸모 학과 전공 28

패션디자인과

"패디과 전공했습니다. 톤온톤, 톤인톤으로 깔끔하게 입으며 포인트 색깔 하나만 더 써서 옷 입는데, 딸이 4살 때부터 자기 옷에 관심을 보이더니 핑크, 빨강, 주황, 노랑... 구두는 반짝이에 치마는 오색 빛깔! 와우!!"

프랑스어과

“프랑스어 전공했습니다. 프랑스 삼색 국기의 상징인 자유, 평등, 박애의 정신으로 육아.. 는 못하고 그냥 매일 뚜레쥬르에서 맛있는 빵 셔틀하고 있습니다.”

항공운항과

"항공운항과 전공했습니다. 이 승객은 비행기에서 내리질 않으십니다.."

고객센터 상담원

"고객센터 상담 직원이었는데 우리 아들의 니즈는 정말 모르겠네요. ㅎㅎ"

무쓸모 학과 친구 32

광고홍보학과

"광고홍보학과 전공인데 아기가 낮잠을 안 잘 거라고 광고하고 다녀요. ㅎㅎ"

교사

“교사인데 어렵다고 숫자 공부 그만두겠다는 37개월 아드님께 ‘그래 네 마음대로 해라’합니다. ㅎㅎ”

그래.. 네 마음대로 해라
띠비!
띠비!
안해! 시러!
휴.. 내가 교사인데...
@드로잉오뉴

교육 공학박사 교수

“제 남편이 교육 공학박사에다 교수입니다. 하지만 딸에겐 아이패드 쥐어줍니다. 교수법이 통하지 않나 봐요. ㅎㅎ”

what is good education?

어떤 교육이 올바를까요?

유튜브?

@드로잉유

땡큐 대디!

유튜브!

육아 무쓸모 전공 35

방송작가

"방송작가 6년을 하며 밤샘 작업을 많이 했지만 이앓이, 열보초, 야경증, 성장통 등 새벽 육아 작업이 더 빡세네요..."

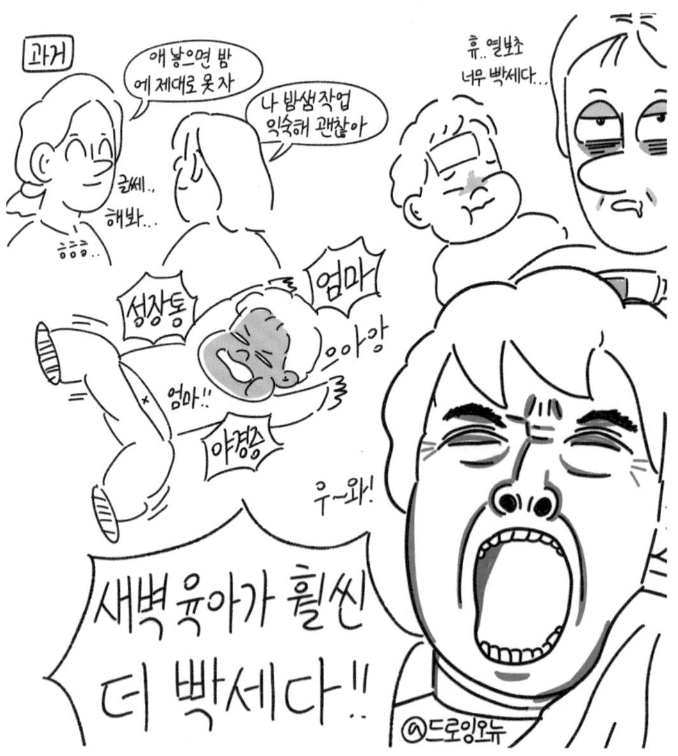

변호사

“두 아들들 앞에서는 발언권도 증거도 논리도 다 안 먹혀서 냅다 더 크게 소리만 지르게 됩니다 ^^”

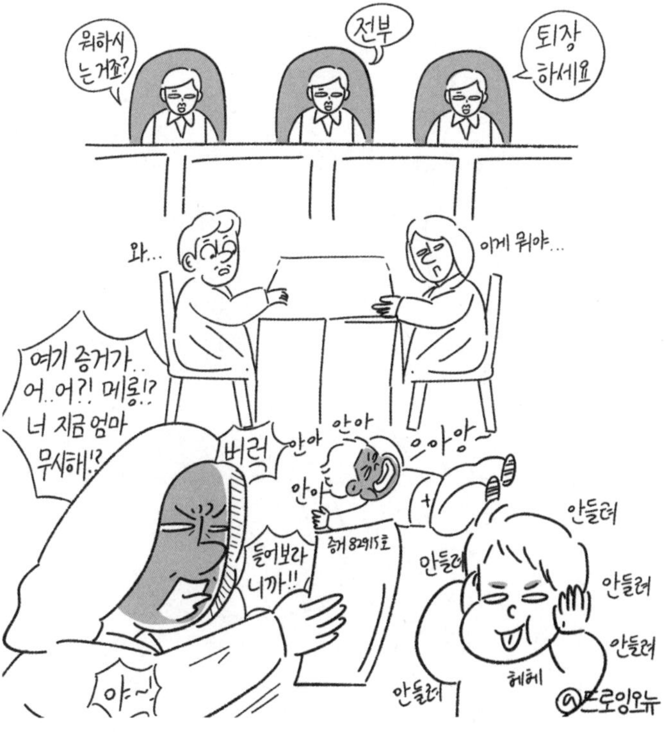

뭐하시는거죠?
전부
퇴장하세요
와...
이게 뭐야...
여기 증거가.. 어..어?! 메롱!? 너 지금 엄마 무시해!?
버럭
안아 안아
으아앙~
안아
들어보라니까!!
증거 82915호
안들려
안들려
안들려
안들려
안들려
헤헤
야~!
@드로잉오뉴

약사

“저는 약사입니다.. 애 둘 키우고 깨달았습니다. 애들 약은 넉넉하게 챙겨줘야 한다는 것을요 ㅎㅎ 먹이자마자 웩..”

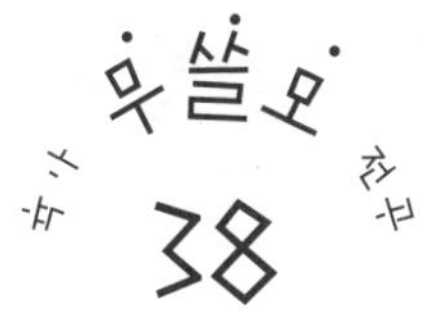

인테리어 디자이너

“인테리어 디자이너인데 그레이톤이던 우리 집에 곧 알록달록 레고 나라처럼 될 것 같아요.”

생활체육 유도 전공

“생체 유도 전공했는데 말 안 듣는다고 애를 매칠 순 없지 않나요..ㅎㅎ”

첼로 전공

“첼로 전공했습니다. 제 손목과 팔 힘은 이때를 위함이었나 봅니다..”

플룻 전공

“플룻 전공했는데 풍선이랑 튜브 도구 없이 복식 호흡으로 불어줘요..”

피아노 전공

“피아노 전공했습니다. 피아노는 치지만 애는 칠 수 없어..ㅎㅎ”

한국사 1급 자격증

"한국사 1급 자격증 소지자입니다. 고구려 얘기해 주면 고구마 삶아 달라고 하고, 알에서 나온 주몽 얘기해 주면 닭알 삶아 달라고 하고.. 아 인간이랑 얘기하고 싶다.."

고구려를 세운 사람이 동명..
고..구마! 삶아줘~!
빨리
주몽은 말이야 알에서 나...
알? 닭알 삶아줘! 지금
으......
인간이랑 얘기하고 싶다..
ⓒ드로잉오뉴

에필로그

육아 일기로 시작한 나의 그림과 글이 이제는 나의 일상이 되어 소소한 아이와의 일상을 그려나가고 부모로서 느끼는 감정을 이야기하고 있다. 그림을 그리며 부모로서 나 자신을 되돌아보며 반성하기도 하고 즐겁고 행복한 순간을 기록하고 있다. 2019년 처음 올린 이야기부터 2023년인 지금까지 랜선 육아 동지로서 여전히 나의 그림과 글을 봐주시고 공감해 주시는 많은 독자분들이 있어 감사하다. 많은 분들이 나의 그림과 글로 공감을 얻고 위로를 받고 있다고 말씀해 주시고 있고 우리 부부 역시 여전히 독자분들로 하여금 공감과 위로 그리고 용기를 얻고 있다.

가정 보육을 하고 있었고 주변에 마음 놓고 이야기하고 상담할 사람이 없었던 우리에게 진심 어린 댓글을 남겨주시고 DM을 통해 공감과 응원을 남겨주신 모든 분들에게 안도감과 깊은 감사함을 느끼고 있다.

지난 4년간 아이를 키우면서 "아이와 부모는 함께 성장하고 있다"라는 생각을 많이 해오고 있다. 아이도 건강하게 자라고 있고 초보 부모였던 우리 역시 좋은 부모로 성장하기 위해서 최선을 다하고 있다. 아마 모든 부모님들이 그럴 것이고 아이를 위해, 가족을 위해 강해지려고 부단한 노력을 하고 있을 것이다.

난 우리 부부에게 그리고 이 세상 부모님들에게 말해주고 싶다.

"우리 하루는 의미 있는 것들로 가득하고 부모는 위대하다."

요즘 한창 하고 싶은 말이 넘쳐나는 온유와의 대화가 너무 즐겁다. 엄마 아빠에게 사소한 것 하나도 빠짐없이 말해주고 자신의 감정을 표현할 줄 아는 아이가 정말 예쁘다. 동시에 엉뚱하고 귀여운 말에 절로 웃음이 나오고 아이가 해주는 한 마디에 마음이 따뜻해지고 가슴이 간질간질했던 감동적인 순간들을 생생하게 경험하고 있다. 이러한 순간들은 현재 나이에서만 느낄 수 있는 특별함을 가지고 있다고 생각이 든다. 그래서 아이와의 이야기를 그림과 글로 남기는 것은 나에게는 굉장히 큰 의미가 있고 행복한 작업이다. 앞으로 우리 온유가 아빠 엄마에게 어떤 말을 해줄지, 또 우리는 온유에게 어떤 말을 해줄지 기대가 되며 계속 우리의 이야기를 그려나갈 것이다.

<마치며>

아이는 가족 간에도 연결 고리 역할을 하고 있다. 하지만 아이라는 연결고리로 지속된 관계를 가능하게 하는 몫은 가족에게 있다. 온유의 존재가 우리 어른들을 더 좋은 사람으로 만들어 주고 가족이란 의미를 다시금 생각하게 해 준다.

그동안 무한한 사랑을 주고 온유에게 따뜻하고 좋은 어른이 되어준 양가 부모님과 온유의 이모(권지원), 이모부(고원석)에게 감사함을 전한다. 또 49개월 동안 가정 보육을 하느라 정말 많이 고생한 아내에게 감사하고 앞으로 무엇을 하든 남편으로써 응원하고 사랑한다고 말해주고 싶다. 마지막으로 유치원에 입학해서 첫 사회생활을 시작한 우리 아이, 온유를 응원한다.

"사랑하는 우리 아가. 엄마 아빠는 언제나 널 응원하고 있단다.
너의 성장이 빛날 수 있도록 서두르지 말고 기다려줄게"

"아이를 키우고 있는 이 세상 모든 부모들의 육아는 닮아있다"

조금 천천히 커줄래

초판 발행 | 2023년 3월 30일

글 · 그림 | 드로잉오뉴

편낸곳 | Deep&Wide
발행인 | 신하영 이현중
편집 | 신하영 이현중
도서기획 | 신하영 이현중 윤석표
마케팅 | 신하영 이현중 윤석표
주소 | 서울특별시 마포구 성미산로 1길 21 사울빌딩 302호
출판등록 | 제 2020-000209호
이메일 | deepwidethink@naver.com
ISBN | 979-11-91369-36-6

딥앤와이드는 책에 관한 아이디어나 조언 그리고 원고 투고를 언제나 기다리고 있습니다.
deepwidethink@naver.com으로 당신의 아이디어를 보내주시고 출간의 꿈을 이루어보시길 바랍니다.
당신도 멋진 작가가 될 수 있습니다.